엄마, 나 왔어

엄마,
나 왔어

김상곤 시집

생각나눔

목차

가을 나들이

벗어요.
그리고 다사로운 햇살이 있는 가을을 입어요.
뿔긋뿔긋한 이파리 주워
때때옷 만들어 입고
날쌍한 모습으로 가을을 입고 걸어봐요

발그레한 살갗 내비치는
오색 가을을

색바람에 나달거리는
낙엽 한 잎
살짝궁 설렘 하나

달음박질 하는 가을햇살
조각조각 잇대어 깁고

낙낙한 난벌 한 벌
만들어 입고
몰랑몰랑하게 걸어보아요.

어머니의 곳간

새하얀 포대에 담긴 쌀이 곳간에 차곡차곡 쟁여있었다.
한쪽 귀퉁이에는 2016년 12월이라고 뚜렷하게 쓰인 묵은쌀 포대가 있는데
이번 설에 가래떡을 만들어 자식들에게 나누어 줄 모양이다.

곳간 시렁에는 정성 들여 다듬어 놓은 마른 고추 두 차대기가 매운 내를 풍기고 있었다.
그리고 다른 한쪽에는 팃검불 하나 없이 정갈하게 손질한 팥이며, 콩, 녹두 따위가 크고 작은 생수통에 담겨있었다.

곳간 자물통을 잠그고
몇 발짝 뒤돌아서면 헛청 처마 밑 긴 대작대기에 가지런히 묶인 마늘단이 말뚝박기 놀이하듯 걸쳐있었다.
흙 묻은 마늘단을 바라보면서 내 어린 시절 자주 했었던 말뚝박기 놀이가 떠올랐다.
지금은 돌아가셨지만 양동 할머니 집 담에 기대어 놀고 있으면 담 벼락 무너진다고 부지깽이 추켜세우고 고래고래 소리 지르시면서 뛰쳐나오곤 했었다.
그럼 누가 먼저라 할 것 없이 잽싸게 질벅거리는 논으로 도망쳤던 기억들이 주마등처럼 스쳤다.

"저 호랭이 물어 갈 놈들아!"

쫓으면 그때뿐 살그니 다시 모인 또래들
그 어느 곳보다 바람을 막아주고 볕이 잘 들어오는 곳이라 포기할
수 없는 우리들만의 아지트였다.
꽤 먼 동네 우물에서 길어 온 물을 바가지에 담아 담벼락 너머 떠
들고 있는 우리들에게 물세례를 퍼붓는 날도 허다했었다.
양동 할머니는 출가한 딸만 있어 홀로 사시는 분인데 간혹 잔심부름을
하면 그 바가지에 찐감자 또는 쌀강정을 담아 주시기도 했던 분이다.
지금은 우리가 놀았던 담벼락과 집은 흔적 없이 사라지고 회관 옥
상에 태극기만 겨울바람에 펄럭이고 있다.

대작대기에 걸쳐있는 마늘을 바라보다가 지난 시간을 잠시 붙잡아
보고 넌지시 웃어보았다.

까치발을 딛고 고개를 들면 헛청 더그매 위에 쌓여있는 볏짚이 보였다.
더그매 또한 오래전 아버지께서 손수 만든 것으로
겨울이 오기 전 마늘밭에 쓸 볏짚을 쌓아두는 곳이며 또한 동네
야옹이들이 느즈러지게 겨울잠을 자는 곳이다.

산에서 짊어지고 온 굵은 나무를 톱질하여 못을 박고 그 위에 구멍 난 덕석을 깔아 만든 더그매였다.
더그매에는 아직까지 다 쓰지 못한 새끼가 한 뭉치 있다.
야심한 밤까지 꼬아 만든 새끼줄
아버지의 묵묵한 삶을 꼭 잊지 말라 당부해주시는 것 같아 보였다.

요즘 부쩍 더 아파하시는 어머니는
거동조차 불편한 몸으로 올 가실도 무사히 다 마쳤다.
매일 혼자 있기가 외롭다고 마당 쪽문을 통해
담벼락을 더듬더듬 기대어 몇 발짝 떨어진 회관으로 마실을 자주 나가셨다.
눈이라도 소도록하게 내리는 날엔
회관이 코앞일지어도 행여 자빠질까 무섭다 하여 이내 단념하시고
전기세가 아깝다면서 컴컴한 방에 홀로 계신다는 생각에 애잔한 마음이 밀물처럼 밀려왔다.

오늘은 유독 하늘이 우중충하게 보인다.

첫눈 내리기 전에

제설제라도 한두 포 사야지
엄마
나왔어

어머니
이렇게라도
살아계셔서 이 겨울이 참 푸근합니다.

한 번쯤

음—
그게 말이야
한 번 정도는 태어나
쉭—
둘러볼 만한 세상이지

어—
그게 말이야
한 번 정도는
앞뒤 가리지 않고
퍼뜩 살아볼 만한
세상이지

근데 말이야
두 번은
좀—
고민해 봐야 해
왜냐면 말이야

거–
뭐 날까
더 둘러보고
찬찬히 걸어봐야
알 것 같은
세상이어서

해를 넘긴 생각

묵은 질문 하나
여태껏 답을 내리지 못하고
해를 넘겨버렸구나

가로수 이파리
오소소 떨어지는데
지지난 생각 하나
뚝―
떨어트리지 못하고

윗도리
깊숙이 담아 두었던
손때 묻은 생각 하나
흘리듯 잃어버리고 싶구나.

아무리 에우고 또 에워도
다시금 생생하게 살아난

해묵은 질문 하나

볕바른 가을날
속모를 웅덩이에
잘박하게 적시어본다.

가시나무

내 껍질이 밉다
그대가 미워지면
내 껍질이 밉다

가시는
살가죽을 찢고 들어온다.

이제 다시 찔리면
아물지 않을 것 같은
두려운 상처

그대가 미워지는 날
더욱 미워진 내 껍질

그대가 사랑스럽던 날

가시는
살갗을 스멀스멀 간질이며
속 깊이 파고든다.

사십구재

이승에서 소중하게 여기는 인연마저
간직해서는 안 되는 것이더냐
일흔여덟 생에 얻은
신발 한 켤레 그리고 옷 한 벌
한 줌 재로 사리사리 흩어진다.

있는 것도
없는 것도
더욱이 산목숨 아닌 중음신

흩어진 마음 두 손 봉긋 모아

마지막 효심으로 무릎 꿇는다.

가르맛길
깔끄막길
평판길
칠십여 해 꿈이었던 길
손끝에 닿아있는 이승의 연을 씻고

꿈길에서 깨어나면
다 잊듯 떠나보낸 불귀의 몸

살아생전 얻은 공덕과 업의 심판 아래
사십구일에 당도한 육도의 갈림길
망자의 마지막 천도의 길을
합장으로 열어드린다.

줄자

삼십 센티미터 곧은 뽈자 하나로
나름 재보았던 잣대
세상살이 다 이해하려 했던가.

곧은 뽈자 패대기쳐
동강동강 분지른다.

여태 살았으면서
돌돌 감겨있는
줄자 하나를 갖지 못하였던가.

비틀 배틀
굴곡진 삶을 재어주고

본뜰 수 있는
줄자

쒜-
해주고

호–
다독여주고

마음자리에 줄자 하나
늘려도 보고
줄여도 보고
네 아픈 상흔
속 깊이 헤아려 재줄 수 있는
줄자

그늘에 밴 삶을
솎아 빛을 쐐주는
그런
줄자
하나

119

부아가 치밀 때

속이 부글부글 끓는 날
수도꼭지에 입을 처박고
하늘빛에 잔뜩 찡그리며
벌컥벌컥 쑤셔 넣은 물
목구멍이 가닐댄다.
뜨거운 기운과 함께 솟구치는 욕지기

가슴 속
화톳불을 끄고자
주머니 속 휴대폰을 꺼내어
초성 순서대로 나열되어 있는
전화번호를 찾아간다.

활활 타들어가는 가슴 사그라트릴 수 있는
전화번호를 찾아
하소연을 해본다.

내 안의 불을
사위어 주는 전화번호
언제라도 받아주는
참 좋은 번호가 있다.

내일 술 한잔하자고
119 같은 친구를 부른다.

푸른 나비

나비야
나비야
푸른 나비야
네 꿈 펼쳐 날아 가거라.

음습에 묻혀

눈감은 세월
이제야 표표히 날린다.

은빛 출렁이는
물띠 따라
현해탄 날아
태평양 헤가르고
대서양 오가는 뱃길에 심어놓은
네 꿈 찾아
훨─
훨─

날아 가거라

내
푸른
나비야

나는 오늘 친구를 서해바다로
떠나보냈다.

수염가래

지나쳐 버린 내 사랑일까
잃어버린 내 태죽일까
째깍째깍
가던 길 멈춰버린
알람시계

헤매 찾은 수염가래
좀 더
자세히 들여다보고
좀 더
가까이 다가가 얼굴 비비며
얘기하고 싶네.

논두렁 바랭이 사이
얌전히 피어 날갯짓하는
수염가래

잊지
않으리.
다신 떠나보내지 않으리.

하얀 날개에 내 민얼굴
히죽히죽
내 창을 물들인다.

핫도그

방울 달린 빵모자를 눌러쓰고 눈발을 온몸으로 가르며 등교하던 길
코보전방을 힐끔거리며 눈 덮인 냇가 다리를 건너갔었다.
내가 처음 핫도그를 맛보았던 것도
탱자나무 울타리 밑에 뚫려있는 개구멍을 들락거렸던 것도
아마 초등학교 2학년 때였을 것이다.

하얀 눈이 내리던 겨울
그날도 변함없이 코보점방을 곁눈질하며 등교하였다.
난생처음 본 핫도그가 어떤 맛일까 너무도 궁금했었다.
앰한나이 내 생일날 어머니께서 가끔 해주시던 개떡 맛일까?
겨울밤 소죽솥 아궁이에서 꺼낸 군고구마와 같이 먹던 싱건지 맛
일까?
고소하게 느껴지는 기름 냄새에 맛도 모르고 침을 삼켰다.
오늘 산수시간에 풀어야 할 십의 자리 더하기, 빼기보다 그 맛을
더욱 알고 싶었다.
아스라이 떠오르는 그날 점심시간
일찍 도시락을 까먹고 여느 때와 다름없이 창을 통해 들어오는 눈
부신 햇발에 소리 없이 떠도는 먼지들만 보고 있었다.

그때

재진이란 친구가 내게 다가와서 귓속말을 했었다.

"야 우리 밖에 가서 핫도그 사 먹을까?"

나는 재빠르게 따라나섰다

점심시간이면 아이들이 밖을 못 나가게 교문을 지키는 선생님이 계셨다.

우리는 1학년 교실이 있는 건물 모퉁이를 돌아 탱자나무 밑에 반질 거리는 통길을 기엄기엄 빠져나갔다.

난생처음 기어 본 개구멍이었다.

닭다리처럼 생긴 핫도그를 먹을 수 있다는 생각밖에 없었다.

개구멍을 지나 단숨에 달려간 점방

숨이 차는 것보다 선생님에게 들키면 어쩌지. 어쩌지, 걱정스러움 이 커져만 갔다.

그런 생각도 잠시

점방에 도착하니 또래들과 중학생 형들이 화톳불을 쬐듯 할머니 주변을 빙 둘러 서 있었다.

미닫이 유리문을 열 땐 그리 소리가 크지 않았으나 닫을 땐 제법 큰 소리가

"스르륵 꽝!"

모든 사람들이 우리를 쳐다보는 것 같았다.

교칙을 어기고 왔기에 다들 비슷한 심정일 것이다.

나무젓가락에 끼어 있는 분홍빛 소시지

차지게 반죽한 밀가루를 입히고 펄펄 끓고 있는 기름에 애벌 익혀 놓은 핫도그

아이들 점심시간에 맞춰 한 벌 더 튀김옷 입혀 튀겨낸 핫도그는 큰 쟁반에서 황설탕이 듬뿍 묻어나길 기다리고 있었다.

작은 동전그릇에 백 원짜리 오십 원짜리 동전이 땡그랑땡그랑 떨어지는 소리가

마치 우리 차례가 가까워지는 소리처럼 들렸다.

그때마다 핫도그 하나씩을 들고 잽싸게 뛰쳐나가는 아이들

그 짧은 시간이 그리도 가슴이 쪼였을까

설탕도 바르지 않고 급히 뛰쳐나갔다가 다시 돌아오는 아이들도 있었다.

드디어 우리 차례가 왔다.
재진이가 백 원짜리 동전 하나를 호주머니에서 꺼내 동전그릇에 넣었다
와—
그리 먹고 싶어 했던 핫도그

겉은 굵은 목새에 이룬 유과보다 달고 바싹거리며
속살은 술약을 넣고 하룻밤을 지새워 만든 개떡보다 부드러웠다
마지막 분홍빛 소시지 한 토막은 첫 소풍 길에 병 콜라 한 병을 아껴 나눠 마시던 그 짜릿함이었다.

내게 있어 처음 먹어 본 핫도그는
탱자나무 울타리 개구멍을 통해 맛을 보았다.
지금 생각해 보면 왜 코보전방이라 불렀는지도 모른 채 시간은 흘러
전방이 있던 자리에는 누군가의 새 보금자리가 들어섰다.
달고나 몇 알 녹이면서 걸었을 동무들 생각이 함실함실 익어간다.

익어갈 때쯤이면

마음 한 귀퉁이
다복다복 자란 독초
베어도 다시금 움돋이 한다.
차츰차츰 베내는 것도
뿌리째 캐내는 것도
다 내 의지에 달렸으리라

가두어
꼭꼭 숨겨 둔
진집 하나
이젠 꺼내어 터트려보는 것도
좋을 성싶다.

봄이 찾아오는 청산도

아들 손을 꼭 움켜쥐고
노란 유채꽃 길을 걷는다.

무어라
오갈 것 없는 핏줄이기에
모짝모짝 뽀작거리고 싶어 하는
아비의 손

나란히 걷는 열댓 살 아들 옆모습에서
봄이 찾아오는 섬
청산도를 보았다.

봄 길은
풀 한 폭 아프지 않게
살그미 걷는다.

혈압 약

동구에 있는 대나무밭 그리고 한데우물이 보였다.
우물 옆에 있었던 친구 집은 사라진 지 오래인 듯 흔적조차 없고
수더분하게 생긴 친구의 웃음소리만 긴 여음으로 남았다.
아무리 둘러보아도 보건진료소는 눈에 띄지 않았다.
때마침 저 멀리 한 아주머니가 걸어오셨다.
너무 반가워 어찌할 줄 몰랐다. 어서 가서 여쭤봐야지

"목동마을 보건진료소가 어디에 있어요?"
"시방 감기약 지로 가는디 아자씨 나 쪼까 차 좀 태워 줄라요.
일로 쭈-욱 가다가 외약쪽 동네 우로가면 있는디 신작로에서 안
보이지랴?
어디서 오시는 길인디 그라요?"
"밭매우에서 왔어요.
어머니 혈압 약 타러 가는 길입니다."

"그럼 밭매우 화장품 장시 아들내미요?"
"예, 맞아요.
막내아들입니다.
단방에 절 아시네요."

"근방 알제
참 시상도 빠르제
막내아들이 요로코롬 어른이 되었어."

"소장님!
소장님!
저 왔구만요.
어데 계시오?
밭매우서 오신 양반 혈압 약 타로 왔는디
이 양반 먼저 해줄라요
난 혈 일 없는 게 찬찬히 해주고."

"안녕하세요. 소장님 어머니 혈압 약 타러 왔습니다."
"밭매우 어르신 아드님이신가요.
목동마을 부임해 와서 젊은 아저씬 오랜만에 본 게 참 기쁘네요."

소소한 얘기는
어머니가 끌고 다니셨던 손수레 위 화장품가방에서 들려 나오는 유
리병 소리
반갑다 하시며 짧게 건넨 인사 한마디
이내 머릿속에서 떨쳐버리지 못하고
두 아름 당산나무가 있는 동네어귀를 뒤돌아본다.

돌이마음

찾을모 있을까?
순서 없이 방치하듯 처쟁여둔
조각들

반나마 지난 길
성근 기억
뒤돌아본다.

단단하게 엮고 싶어 하는
마음밭

하나하나
순서 찾아 완성하고픈
그림퍼즐

소록도의 봄

간절히 원한 봄은
목련꽃 향이 배인
네
육신

감금실 작은 뜰에 우물은
짓눌리고 밟아버린
어머니의
눈물

좁은 방에 새겨진 한(恨)은
모금모금 삼킨
세월

서름한 세상
묵묵히 떨구는
목련 꽃잎처럼

아마
그 해
소록도의 봄은
코앞
녹동항 부둣가에
머물러 있었으리라.

배꽃

배 밭 쥔장 배꼽이
저리도 하얗던가.
사닥다리 위에 올라 붓 칠 할 때
어디 한 번 봐야겠다.

주톳빛 봉황 들녘에 하얀 배꽃이 피었다.

하얀 배꽃은
젖배 부른 갓난아이
배꼽 같더라.

등하색

살갗 뱌비는 꽃샘추위에
발광(發狂)하는 소리

풀무질에

노랗게
빨갛게
지펴 오른
불등걸

점차
발광(發光)하는
붉은 목련꽃 한 송이에서

그날 밤
나는
발광체(發光體)였다.

길에서

마소는

수레에

짐짝을

실으나

사람은

가슴에

뭉근한

생각을

싣는다.

어머니의 불벼락

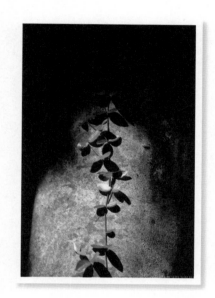

무시 밭매는
울 엄마
성엣장 동동 뜬
시암 물
떠다 드렸다

축 처진 무싯잎에
오줌 누었다

땡볕 아래 매인
찌러기도
덩달아 오줌 누었다

무시 다 타 죽는다.
이 썩을 놈아!

맑은 하늘에서
불벼락 쳤다

지혜
– 곡석과 풀

손곱에 퍼렁 풀물
들 때

아야
이리 와서
풀 좀 뽑아라.
줄기가 삘헌 건
풀이고
시퍼런 것이
곡석인 게
명심혀서 뽑아야 쓴다.

대체나
울 엄마 최고다
너무 쉽게 알려주신다.

아버지 얼굴도 모르고
열여덟에 시집와
맨 처음 시어머니께 배운 것이

곡식과 풀을
가리는 법이었단다.

쉰이 넘은 아들하고
돌가지 밭매는
울 엄마
쏠쏠한 재미가 있는가 보다

내일 어슴새벽
출장길 떠나는 아들 생각 못 하시는 울 엄마
더 신나면 안 되는데

화햇술

정나미 떨어져
빗장 걸어둔
마음의 문
금시
열 수 있게끔

사로잠근다.

더금더금 내려앉는 서창에
어둠이 살근거리면
스르륵
열리는 문

엉성하게
좀 모자라게
마음의 문을
사로잠근다.

도붓길

데익은 생각
하나하나 솎음질해
우려 내보이고
여러 해 다독다독
정성 들인
도붓길

여름
찾아뵙고
가을
낯익은 약속 하나를
꼼꼼히 적어둔 수첩
엄동설한 지나
잔풀 날 무렵
다시금 찾아오렵니다.

사계(四季)에 유행이 어디 있으리.
한돌림 돌아 다시금 찾아오는
출장길

耳目口鼻

그 생김은
앞을 보고 오목하더이다.
뭇소리 다 체질하고
애오라지 바른 소리만을 듣는다.

눈은 마음의 창이라 했던가.
보지 말아야 할 군것들을 훑아버리고
참다운 모습만이 볼 수 있어야 한다.

입은 얼굴 좌우 대칭으로 어느 한쪽 편견과 편애 없이 대하여라.
그리 생기지 안 하였는가.

주먹코, 납작코, 매부리코 그 생김은 달라도
하나같이 콧구멍은 아래로 뚫렸으니
그만한 이유가 있지 않겠는가.
모든 냄새는 발끝걸음에서 풍기기에
향긋한 향이 나는지 스스로 잘 맡아 보아라
그리 생기지 안 하였는가.

제대로 붙어있는 이목구비
잘 쓸 수 있는 삶을
살아야지

예수재

금당 벽화에
오금이 저려오는
지옥세계
언제쯤 다 지울 수 있을까

금생에 다 사르지 못할 죄인 줄 알면서

어찌 후생에 벗을 수 있다 말할 수 있겠소

끼니때마다 먹고
채워가는
배알

쌀 한 톨의 무게만큼이라도
에워가야지

연근(蓮根)

사람 속마음
모르는 것처럼
연 또한
뿌리 내릴 수 있는
개흙의 깊이를 모른다.

연은
등불 없는 암흑세계에 뿌리를 드리우고
꽃봉오리에 연등을 밝힌다.

사람은
인연의 깊음과 얕음을 떠나
잴 수 없는 깊이에
심지를 곧추세우고
온건한 마음으로 뿌리를 내려야 한다.

책가방

책가방이 귀하던 시절
책보에 가지런하게 책을 쌓아 허리춤이나 어깨에 가로 메고 학교에
다녔다.
허리춤에 멘 책보 속 도시락에서 수저 또는 젓가락이 유독 딸랑거
려도
모두들 그랬으니 하고 창피하단 생각은 조금도 해본 적이 없었다.

아슴푸레 떠오르는 초등학교 저학년 시절
뜻하지 않게 책가방을 갖게 된 사연이 있었다.

추석 선물로 책가방을 받은 연호가 자랑하며 학교에 등교했었다
지금 생각해 보면 내심 부러운 일이다
연호는 일찍부터 아버지가 안 계셨고 여동생과 함께 할머니 손에서
자랐다.
엄마는 멀리 마산에서 돈을 벌고 있다는 얘기를 연호에게 들은 적
이 있다.
연호는 할머니와 살지만 참 밝은 친구였다

아이들은 얼마 전 받은 용돈이 있어서인지 쉬는 시간만 되면
달고나를 오물거리는 친구들이 제법 눈에 띄었다.

난 등굣길에 폭음탄을 사서 호주머니에 넣어두었다
쉬는 시간이면 양지에서
"염소 똥 일원에 열두 개…
돼지 돼지 꿀돼지 삼밭에다 똥 싸고…"
이런 노래를 부르며 고무줄놀이 하는 여자애들을 놀래줄 생각이었다.

어떤 아이들은 하굣길에 장난감 총을 산다고 자랑질하는 친구도
있었다.
그 당시 단체 영화 관람을 하더라도 주로 반공영화로 북괴군과 싸
우는 전쟁영화를 상영하였으며 숙제 또한 반공에 관한 내용이 많
았던 시절이었다.

그날 수업을 마치고 교실 문을 나서다가 그만 장난기가 발동하고
말았다.
순전히 여자아이들 골탕 먹이기 위해서 아침 일찍 부엌에 있는 성
냥곽에서 성냥 몇 개를 후무리고 폭음탄을 사고 철저한 준비를 했
었다
그렇게 준비한 폭음탄을 하굣길 연호 책가방에 불을 붙여 넣었고
잠시 뒤 책가방에서 "펑" 하고 터지는 소리와 함께 희건 연기가 피
어올랐다.

연호는 댓바람에 책가방을 바닥에 쏟고 가방을 살피기 시작했다
같이 가던 친구들은 처음엔 나와 함께 낄낄댔지만
곧 연호는 울었고 나는 당황스러운 표정으로 멍하니 서 있을 수밖
에 없었다.
무언가 잘못됐다는 생각이 스쳐 갔다.
그때
연호와 같은 동네에 사는 친구가 말하기를
"넌 이제 죽었다, 연호 할머니 무서운 사람인데."
그 말에 순간 나는 어떤 미동도 할 수 없이 꽁꽁 얼어버리고 말았다.
그렇게 연호는 울면서 운동장을 지나 활짝 열린 교문 속으로 사라
졌고
혼자 남아있는 나는 아까 친구가 했던 말이 내가 감당할 수 없는
일이란 것을 알기에 쉽게 그 자리를 떠나지 못했다.

사달은 그날 해름에 벌어졌다
두리반에 모여앉아 저녁을 먹을 때였다.
밖에서 인기척이 났고 누군가를 부르는 할머니의 목소리가 문지방
을 넘어 들어왔다
저녁을 먹고 있는 나는 단방에 연호 할머니라는 것을 알 수 있었다
단 몇 초라도 시간을 벌어보자는 속셈이었을까

나는 밖에 누가 왔다는 것을 알면서도 몽따고 밥만 먹고 있었다.

"거 누구요?" 하시며 어머니가 밖으로 나가셨다.
할머니의 처렁처렁한 목소리가 온 집안을 들썩였다.
"이 집 자식내미가 울 손지 책가방을 꼬실라부렀는디
어떻게 헐껴 이 비싼 책가방을 어떻게 헐껴 지 어미가 마산에서 돈
벌어 사 준 건디
이 썩은 놈 자식 어딨어…!"
난 문지방을 넘어오는 할머니의 목소리에 후들후들 떨고 있었다.

어서 이 순간이 지나갔으면 하는 생각뿐
물어도 암말 못하고 그저 밥상머리에 쥐 죽은 듯 고붓이 앉아 밥숟
가락만 뚫어져라 쳐다보고 있었다.

어떤 일이 있었을까.
전날 석음에 벌어진 일은 기억하고 싶지 않았다.
다만 다음 날 등굣길에는 폭음탄에 구멍 난 연호 책가방이 내 손
에 쥐어져 있었다.
비록 구멍 난 책가방이었지만
오직 내 기쁨은 하나
처음 내가 가져 본 책가방이었다.

다음 날 아침 운동장 저편에서 책보를 메고 혼자 걸어오는 연호를
보았다.
그리고 나는 소리쳤다
연호야
연호야
같이 가
같이 가자

산다는 것은

산다는 것은

억수장마에
잠시잠깐

쨍하고 비추는
햇발

다라워서 벗어놓은
빨랫감
날 들 때
밀린 빨래를 한다.

청동호박

기나긴 동짓달
개개어진 놋숟가락에
득득 긁히는
밤

넙데데하게 생긴 늙은 호박

단단한 껍질을 벗겨
외양간 송아지 살찌우는
밤

건넛방 냉골에 깔려있는
해묵은 달력 위에
달갑지 않은 생쥐가
호박씨 까는
밤

묵직한 칼에 썰어진 호박은
빨랫줄에서 정월을 맞이해야 하는

밤

잘 말린 호박오가리 조청에 찍어
손자와 나누어 먹던
밤

내일 점심에는
후~ 후~
불어주시는 호박죽 먹을 수 있다는 생각에
밤이 이슥해진다.

노인의 대화

대대손손
이어오는
농부의 삶
주고받는
위로의 말
한마디에

그래, 그래

그땐 다들
그랬었지

당산나무
그늘 아래
두 노인의

대화 속에

가슴 적신

말 한마디
지나온 길
서로서로
품어준다

그래, 그래

그땐 다들
그리했지

옥춘당

너
혀
에– 해봐
사탕 먹었지!

한 개만 주라

빨간 혀를 보고 내민 손
때작때작 손곱 낀 까만 손

응
우리 집 가자
대문에서 기다려
어젯밤 지사 지냈어.

유과 부스러기가 묻은

옥춘당 사탕 하나
혀로 손바닥을 핥는다.

너도
혀
에- 해봐

에–––
에–––

슬픈 곗날

떡-
떠-억

동네가 떠나가도록 어머니의 택호를 부른다.

오늘 곗날인 게
계가리 추리로 갑시다.
떠-억

식당에서 봉고차가 델로 온다고 안 하요.
점심이라도 드시고 오게 갑시다.

불편한 몸
폐 끼치기 싫다 하시며
몇 번이고 손살 치시던
어머니

비보라 치던 날
홀로 남은 어머니는
길게 남긴 봉고차의 자국물만

물끄러미 바라보시는

슬픈
갯날

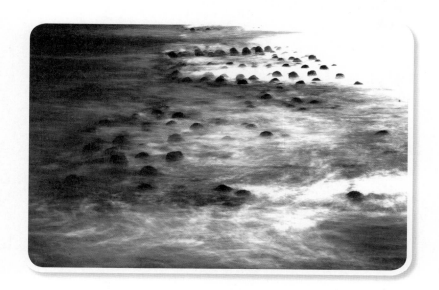

후반생

시들마른 꽃에도
꿀벌이 앉고
낭자하게 흩어져있는 꽃 이파리 곱다 하여
산호랑나비 나부시 내려앉더라.

허풍선에
겻불 타오르듯이

내비치지 않고
잿간에 버려지는 그때까지
겻불내 잃지 않더라.

왔던 길
가야 할 길
길허리에서
잠시 느즈러져 보는 것도 좋을 성싶다

고향에 당도하면

곡식을
곡석이라
말할 때

조를
서숙이라
얘기할 때

팥을
폿이라
내가 전할 때

어머니를
엄마라
부를 때

비로소
그때
ㄱㅎ은
새꽉에
와있다.

간이 배어야지

짜던지
달던지
아니면
쓰던지

아무튼
간이 배야지

싱겁디싱건
맹물이면
아무짝에도
쓸데없어

몸에
간이 배야
산단다.

거…
머시냐
자알 산다는 것은

잔갈아 놓은 양념에
간이 배어가는 거여
암–

응…
알아

오판

기름한 해 그림자
내걸려있는 석음에
길 잃은 박쥐 복도를 휘젓는다.
날이 새고 아침이 밝아 왔는데도
여태껏 출구를 찾지 못한
고장 난 레이더

쓸데없는 아집에 고장 나버린 내 판단과 무엇이 다를까
올바르게 가야 할 길을 찾지 못하고
스스로 홀림길로 들어섰다.
쉬이 꺾지 못하는 내 자신
늦었어.
늦어버렸어
말 한마디 내뱉지 못한 되새김
입술 동글리어 여짓거린다.

내게 주는 예시
입 밖으로 뱉을 수 있는 용기
마지막 예시가 준 기회마저 흐너트리면
오늘 아침 그 박쥐처럼

쓰레질을 당하고
뒤늦게 찾은 출구 앞에서 내몰린다.

물한년

새복에 장꽝에 갔더니
젖감이 떨어져 있더라.
하나 묵어본 게
참 맛나더라.

이리 와
너도
감 한 개 묵어 보아라.
후– 후– 불고 계시는 어머니

검게 엉그름진 손에
비스러진 홍시 하나
어디 마다할 자식 있으랴

짧은 하룻밤 날이 새면
뭐하나 빠뜨릴까 조급해지는
울 엄마
어디 간들
이런 사랑 받을 수 있으랴

날 받았으니
열흘 후
나락 훑을 때 와야 쓴다.

정지나무까지 지켜보시던 어머니의 애연한 모습
차창 밖 밀러에 해읍스름하게 그려지는
음력 팔월 열엿샛날 아침

새경

두렁에 철푸덕 앉아
콤바인을 바라보며
기꺼워하시는 어머니

많이 먹고
많이 뱉거라

시울에 들러붙은 침버캐
단내 나는 하루도 짐벙지다

구겨진 흰 봉투를 어디서 찾았을까
지폐 오만 원을 넣어주셨다

옜다!
올 한 해 애썼다.

해를 거듭하여도 늘 같은 용돈

모갯돈으로 주시면 유산이니
명년에도

후 명년에도
벼때가 되면 딱 이만큼만 주소서

여름밤 모기

한 방울도 채 되지 않은 검붉은
피

배 속 네 새끼의 목숨과 같다 하지만
남는 장사 좀 하자

밤마다
오그랑장사만 할 수 없지 않느냐

귓방망이 손바닥으로 철썩 때리는
내 심정

오죽이나 하겠냐.

가을 길에 멎어서서

나무는
가실에
이파리
떨구고
한돌림
나이를
먹는다.

나는, 나는
낙엽 쌓인
가을 길에
멎어서서

한 그루
나무를
닮는다.

도솔암

한점심 댓바람에
두 공깃밥 비우고
햇덧에 오른
도솔암

산등성이
안돌잇길
넘고 돌아
당도한
도솔암

찬바람머리에
떨어지는 낙엽소리마저
작은 북 둥당거린다.

남쪽 먼 바다 바라보는
불상 앞에
두 무릎 모아
납작 엎드리고

손 받들어
청아한 마음으로
참예(參詣)한다.

말 말 말

바람은

본디

소리가

없다

단지

부딪칠 때

자신의 행적을

소리로

남길 뿐이다.

봄은 어디만큼

겨울
해가
뉘엿뉘엿
비꾸러지면

봄은…

뜀박질하는
세 살배기
땅꼬마

뒤돌아
꼰지발 딛고
저만치 와 있는
봄을
자지러지게 부른다.

사흘돌이

알살 드러내
난달에
내몰린다 하여도
사흘에 한 번은
보고 싶었고 얘기하고 싶었다고 말해보세요

왈칵
쏟을 그리움이 있다 하면
사흘에 한 번쯤은

그리워
보고 싶어
언제 와

아니 내가 갈까

늘 품에 지니고 있는 전화기

따르릉~
따르릉~

찔레꽃

가녀린 꽃잎 앞에
재사리 피는
바람아

오복조르듯 싹싹
빈다.

새퉁이 짓하고
저만치 달아난
강바람아

찔레꽃
허옇게 피었다.

오래
오래도록
흐믈스레 피어 있어다오.

회전문

서로 다른 2시 방향에서
밀어 제치는 회전문

미래의 문을 열면
매 순간 드팀없이
과거의 문도 따라 여닫히는
두 개의 출입구

사뭇
서로 다른 출입구를
지탱하는 현실은
늘 비꾸러짐이 없는
강직한 수직축

간혹
틈서리에 새든
빛의 명암으로
가름할 뿐이다.

보릿가을

내겐 청보리밭의 사랑은 없었다.
청보리밭의 기억을 굳이 얘기하자면 동무들과 보리피리 만들어 불
던 그 시절 그 나이면 다들 한 번쯤 했을 법도 하다.
한 가지 더 되작거리자면
보릿가을 할 때 와 벼때는 왼손 모양이 사뭇 다르게 곡식을 잡고
낫으로 베어야 한다고 그리 배웠다.
보리는 벼보다 깔끄러워 왼손을 앞으로 밀면서 낫질을 하고 나락은
왼손으로 가슴에 품어 안 듯 베어야 한다고 했다.
여태껏 잊지 않고 있으리.
보릿가을을 해 보았던 지난날들이 삼삼히 떠오른다.

등교하는 아이들 입에서 청보리 여물어가고
찔레꽃머리가 찾아오면 낫을 들고 등교했던 날들이 도렷하다.
일명 '대민지원'
고학년 전교생이 그날은 낫을 가지고 등교하는 날이다.
이른 아침 아버지께서는 뼈들어진 낫을 숫돌에 물을 적셔가며 갈
아주셨다.
다 도시어 낸 낫은 엄지손가락으로 날이 제대로 섰는지 재차 확인
하시며 날을 세우고 또 세웠다.
그리고 행여 등굣길에 다칠까 봐

새끼로 낫을 돌돌 말아 제게 주시면서 이렇게 말씀하셨다.

"조심히 잘 들고 가거라. 낫 들고 방정떨지 말거라." 당부하시던 아버지

이때가 아마 초등학교 5, 6학년쯤 되었을까

봄, 가을로 사흘 정도 대민지원을 했을 성싶다.

우리 학년은 4개 반이었는데 여학생은 대민지원에서 열외였다. 남학생들을 4개 조로 나누어 담당 부락을 맡았다.

개중에는 자기 동네로 보릿가을을 하러 가는 경우가 있었다.

그럼 유독 알은척하면서 동네 자랑부터 시작하여 여긴 몇 반 누구누구네 집이라면서 야지랑을 떨어대는 친구들 덕에 마을 회관까지 오는 내내 소풍길처럼 즐거웠다.

우리들을 인솔할 주인은 이미 와 있었고 반갑게 맞아 주셨다.

그나저나 마을을 빠져나와 밭으로 이동할 때는 밭주인을 따라 한 줄로 이동하였다.

지금 생각해 보면 서로 뭉쳐 걷다가 날카로운 낫 끝에 베일 성싶어 그리하였는지 기억은 오련하나 밭주인의 지혜라 여겨진다.

시골 아이들이라면 다들 농사짓는 일을 거들어주고 자란 탓인지라 누가 먼저라 한 것 없이 밭둑에 주줄이 서서 제 몫을 다 했다.

"스르륵 싸악, 스르륵 싹"

어느 누구 하나 장난치는 이 없었다.

대민지원에 있어 빠뜨릴 수 없는 게 당연 새참이다.

새때는 그렇다손 치더라도 새참은 잔뜩 기대하고 있던 '라면'

국수는 흔해도 라면은 그리 쉬이 먹을 수 있는 음식이 아니었기에

다들 라면을 기대하고 있었다.

아직 초등학생들이라 막걸리는 멀찍이 솔숲 그늘 아래 선생님과 주

인장의 몫이기에 우린 눈곱만큼도 관심 없었다. 오로지 라면이었다.

그날 새참으로 라면이 나오면 땡잡는 날이었다.

스무 명 내외 아이들 간식으로 라면을 끓여주는 일도 여간 쉬운

일은 아니었을 것이다.

퉁퉁 불어터진 라면이겠지만 국물 한 방울 남기지 않고 먹었다.

고수레~

고수레~

이 순간을 얼마나 기다렸던가.

나에겐

청보리밭의 사랑은 없었으나

곱삶은 보리밥이 가득 담겨있는

밥 소쿠리처럼 진한 보릿가을이

시렁 위에 놓여있다.

강화도의 겨울바다

대설특보가 내려진 서해안고속도로
부안쯤 왔을 때 자동차 전조등에 나비치던 싸라기눈은 어느새 함
박눈으로 바뀌고 도로는 금세 엉망진창이었다.
더더구나 날씨마저 추운 관계로 쌓인 눈에 빙판길이 되어 차들은
제 속도를 내지 못하고 서행할 수밖에 없었다.
밝은 불빛을 보고 무섭게 달려드는 함박눈은 영락없는 불나방이었다.
얼마나 시간이 흘렀을까
강화도를 향해 기엄기엄 기어가던 자동차는 해미 어름쯤 가서야 조
금씩 속도를 내기 시작하였다.
무엇을 말하고자
그 먼 곳까지 달려갔을까?
자동차 엔진 R.P.M만큼이나 내 심장 역시 두근두근 뛰고 있었다.

지금 난
젊은 날을 찾아 과거로 되돌아가고 있다.
다 여미지 못하고 떠나야만 했던 그날 이후
오목가슴으로 산 세월이 초지대교를 건너게 했었다.
20년을 훌쩍 뛰어넘어 애젊었던 그녀를 보았던 그날
갯벌 위에는 살얼음이 얼어있었다.
물 빠진 갯벌에 물꼬리만 바라보다 뜻 모를 한숨소리만 내뱉었다.

간혹 덩어리를 토할 때면
파도소리마저 죽고 없는 빈 바다와 뿌연 하늘을 번갈아 보고 있었다.

바다는
하루 두 번 밀썰물에 섧다 울고
얼었던 갯벌도 물참이 되면 덮어주고 뱃길이 열리건만
긴 세월 뱉지 못한 애섧은 마음
눈물이 먼저 답을 하였다.

이 짧은 만남
여미지 못한 말들
감풀 위에서 밀물에 씻겨 되돌아오던 날
동승할 수 없는 길이었다.

나는 가야 했고 넌 남아야 했었다.
우린 순탄한 길을 선택할 수밖에 없었다.

그해
강화도의 겨울바다는
내 얼어버린 만년설에

덧물을 안겨주었다.

그날 이후
나는 강화도를 에워 버렸다.

벚꽃이 지면

말간 벚꽃 잎이
봄바람에 나비치면
온 힘 쥐어짜
고드러져가는 꽃잎 앞에
내 봄을
보듬어 안는다.

지난
봄날은
몸이 기억하고
봄이 얘기한다.

풋잠

아야!
거름 물 넘들 논으로 다 빠져간다.
논둑에 쥐구녁
자근자근 밟고 와라

막내야!
시방 면에 가서
요소 한 포하고
호박잎에 뿌릴
희건 가루약 한 봉다리 사 와라

야야!
상근아
고추모종 몇 개 샀냐?
삼백 개 샀어요.

땅 놀리면 머혀
짓인밧 맨들지 말구

다명 장에 가가 더 사서 심어야 쓴다.

엄마
구만 좀 혀
누가 다 딴데야.

아슴아슴
풋잠이 마악 들었을까.
설핏
꿈을 꾸었을까.
눈을 떴을 땐
어둠만이 곁에 누워있었다.

모내던 날

나도 따라갈란다.
내가 살면 얼메나 산다고
논이라도 실컷 보고 눈 감을란다.
나 조까 태우고 가거라.

워메!
날 뜨건디 어딜 간다고
철판이 펄펄 끓어
경운기 위에 앉지도 못한디

아니다
아녀
나도 쪼까 들여다 봐야쓰 것다.

아적부터 실랑이 해봐야 머 헌다고
글면 그리 혀
뜨가도 난 모른 게
어여 타세요.

아나

니가 나 쪼까 띠며주라
하여간 늙으면 온 삭신이
성한 데가 없어

본동떡
본동떠억
모심으로 가아?

저짝에서 나보고 시방 머시라고 헌다냐?
늙은 게
요, 깃구녁도 토옹 들켜야제 말여

귀가 안 들리시는 어머니
영암댁은 손을 흔들며
그려
그리어 알았쓴게
어여
후딱 댕겨 와
본동떠-억

부드레한 낯빛으로
발싸심 하시던
울 엄마

겨울아이

할매야
엄마 언제 와

응
몇 밤 자고 나면 올 거야

진짜

응
몇 밤 자고 날이 새면 니 생일날 꼭 올 거야

할매야
그럼 빨리 불 끄자
근데
내 생일이 언제야

흰 눈이 소복이 쌓이는 시한이지

할매야
지금 여름인데

응
그래 여름이지
몇 밤 지나면 가을이고
또 몇 밤 자고 나면 시한이 온단다.
그때 니 어미 올 거야

할매야
그럼
우리
손 꼭 잡고
코-오 자자

달캉달캉
서울 가서
밤 하나 주어 와
장꽝에 두었더니
머리까진 생쥐가
들락날락
다 까먹고
뽀시래기만 남았다

껍질과 비늘은 할미가 먹고
알랑구는 우리 손자 먹고
하나도 없다
달캉달캉

그리 불러주셨던 자장가

보리타작

해가 긴 6월 어느 날
할머니 혼자
보리타작하는 모습 담았다

찍어서 머더게
늙은이 아무짝에도 쓰잘데기없는디

그땐
다들 이라고 살았제
도구통에 쿡쿡 찧어 밥 지어 묵었지
근디
시방 그쪽은 얼서 왔을께라우?

네 할머니
장에서 왔어요.

자흥
그라면
이 동네 사람이구먼
이따가 쪼게

차로 문질러 줄라요?
넘들네 보리밭에서
한 대빡 주서 왔지라요
요로코롬 힘들구만

아따
할머니 걱정 마세요
제가 차바퀴로
싹싹 깔아 비벼줄게요.

아따
고맙구만

할머니!
내년 이맘때에
꼭 보리타작하고 있으셔
또 올랑게요.

현지인들은 전남 장흥을 자흥 또는 장이라 한다.

배 아픈 손자

할매야
배 아프다
배가
겁나게 아프다

할매야
밥 먹고 싶다
밥 주라

물끄덩한 고구마밥도 싫고
물 냄시 나는
무시밥도 싫다

그냥
밥 주라
할매야

싱건지 썰어
참기름 넣고

싹―싹
비벼주라
할매야

기나긴
겨울밤
배부른 손자
할매 곁에서
아슴아슴 잠들어 간다.

아들과 함께한 밤

낚시를 접은 지 참 오래되었다.

사춘기인 아들과 낚시 한 번 가자고 아빠인 내가 먼저 제안을 했고 해서 낚시가방을 펼쳐 붕어채비를 장어채비로 준비를 했다.

1학기 기말고사가 끝나면 임의로운 몸으로 하룻밤 떠나자 했는데 일전에 약속한 날이 오늘이다.

낚시도 가르칠 겸 아들 마음을 내심 읽고자 했다.

장어낚시 채비를 하여 영암에 위치한 저수지를 찾아갔다.

오래전 영암에서 근무할 때 울연한 마음을 가라앉히고자 퇴근 후 이곳을 찾아 왔던 기억들이 다시 떠올랐다.

아마 아들이 유치원에 막 입학할 때쯤일까….

해가 많이 묵었다.

단순히 낚는 재미를 너머 아들과 함께할 수 있는 시간을 가지고 싶었다.

그것도 섣불리 미끼를 덥석 무는 법이 없는 장어의 예민한 입질에서 오랜 기다림

그리고 입걸림이 확실할 때 챔질하는 법과 마지막 묵직한 장어를 뭍으로 끌어내는 법을

자라는 아들에게 한 층 더 낫자랄 수 있게 장어낚시를 선택했다.

언제 올지 모르는 장어의 예시를 눈여겨 보아야 하고 하룻밤 두어 번 오는 입질의 기회를 놓칠 수 없기에 밤을 번놓아야 했다.

동살이 비칠 때까지 예시 한 번 받지 못하고 철수하는 경우도 허다하다.
장어꾼들도 하룻밤 두어 수에 성공이란 말을 쓸 정도로 힘든 낚시가 바로 장어낚시다.

미끼를 챙겨주는 것은 내 모가치다.

🦋 포인트 물색

이미 아들은 1년 전 중학교 3학년 때 포인트 물색은 해두었으며 원하는 포인트에 봉돌을 투척한 상태다.
미끼 끼우는 법부터 더딘 속도로 배우고 있는 마이스터고 1학년생이다.
장어가 제일 좋아한다는 말지렁이를 바늘 여기저기에 꽂아 놓은 것처럼 아직 모든 것이 서름하다. 미끼를 어설프게 바늘에 꿰면 지렁이는 여러 상처로 쉽게 체액이 빠지고 물속에서 금세 죽어 미끼의 신선함이 떨어진다.
깔끔하게 미끼를 바늘에 능숙한 자세로 끼워야 한다.

지금 아들은 그런 단계다.

🌹 입질

일반적인 장어의 입질은 초리를 두어 번 치는 듯 예시를 주고
이윽고 장어는 뒷걸음질을 하면서 요란한 방울소리와 함께 내리꽂
듯 번드치는 입질이 특징이다.
일반 붕어 낚시에 비해 입질은 크고 반지랍지 못하나 입질 한 번
받지 못하고 철수하는 경우가 많다.
그 모든 것은 자신과의 싸움이다.
한정 없는 기다림에
여름철 훼방꾼인 모기와의 전쟁 그리고 밀려오는 졸음
여름이라지만 밤 기온마저 낮게 떨어져 추위와도 싸워야 한다.
외부 요인들을 다 열거할 수 없을 정도로 많다.
사는 거 또한 다르지 않다.
살다 보면 생각지 못한 변수들
나름 완벽한 셋팅을 하였다손 치더라도
외부 요인에 잘 견딜 수 있는 몸과 마음을 갖추어야 한다.
그 어느 것 하나 쉽게 생각할 수 없는 것이다.
졸업 후 친구들이 부러워하는 직장을 가더라도
주업무 외 인간관계에 있어 상, 하, 좌, 우 적절한 처신술이 없거나
부족하면
그 또한 실패한 직장이며, 더 다니고 싶다는 생각이 전혀 없는 첫
직장이 되어버린다.
내 포인트만 탓하는 밤이 되고 저 건너 맞은바라기에 또 다른 포인
트를 밤새 생각하다 날이 샐 것이다.

남 탓하지 말거라.

🌿 챔질

입걸림에 성공하였다고 판단이 설 땐 과감히 챔질이 이루어져라.
장어 습성은 돌무지나 펄을 파고들며 똬리를 틀고 버티는 힘이 장난이 아니다.
틀거지 좋은 성인도 힘겨울 정도다.
또한, 입언저리는 생각과 달리 약하므로 너무 세게 끌어당기거나 느즈러지면 금방 바늘에서 빠져나가는 고기가 장어다.
릴 한돌림, 한돌림 신중을 기하고 걸렸다 하여 너무 흥분하지 말아야 한다.

자만심에 빠지지 말거라.

🌿 들어뽕

코앞에서 릴링을 신중하게 하여라.
똬리를 틀고 마지막 힘을 다해 모든 근육을 쓰고 있는 장어를 볼 수 있다.
이때 릴대를 추켜세우면서 묵직한 장어를 뭍으로 들어 올려야 한다.
가장 긴장되는 순간

들어뽕 할 때다.

이때 릴대를 부러트리는 경우가 종종 있다.

붕어 낚시에는 뜰채를 사용하나 장어낚시에선 그리할 수 없다.

장어는 뭍에 올라올 때 스스로 바늘을 빼고자 긴 몸뚱이를 꼬아

마지막 힘을 다 쓴다.

물가에서 뜰채를 사용한다면 몸을 받쳐주는 격이고 챗눈으로 장어

가 빠져나가는 실수를 범한다.

매 순간순간 중요하지 않은 단계는 없기에 사소한 동작 하나하나에

도 조심성이 따라야

비로소 장어를 뭍에 올릴 수 있다.

모든 일에 있어 마지막까지 방심하지 말거라.

🍃 아들을 바라보며

아들아!

네 성격을 잘 안다

항상 자신감이 흥덩흥덩하지.

허나 덤벙거리는 네 습성으로 망치는 일이 없길 바란다.

하룻밤 장어낚시 비록 한 수에 그쳤지만

아들과 오롯이 밤을 지새웠으며 열 수의 장어를 얻은 밤이다.

어느덧 햇발은 자오록이 피어난 아침안개 속에서 우러 나오고 있었다.

아들과 함께한 하룻밤 낚시 하뭇한 마음으로 놓아주고
저수지를 빠져나왔다.

서두르지 않는다면 넌 지금 잘하고 있는 거야

소문

어설픈 소문을 듣고
물었을 때
얘기 해 주는 사람은
일백 가지를 듣고
일백 한 가지를 말한다.

나 역시
궁금해하는 그 누구에게
일백 한 가지를 듣고
내 생각 하나를 보태
일백 두 가지를 진실인 양 말한다.

내가 물어
알고 싶다는 것은
한 가지라도 더 보태고 싶어 하는
미운 마음이 있기 때문이다.

꽃무릇

깡패처럼 감풀게 사랑했던
그 여름 땡볕은
세월 앞에 한없이 온순해진다

갈은
못내 사랑을 그리워하며
창머리에 앙가조촘 기댄다.

창밖
밤벌레 울음소리
추추히 추적이면
창안
나를 후벼 파고

스쳐간 나날들
숨죽인 시간들
새붉은 꽃으로 우린다.

열다섯 마을

긴 상앗대 강바닥을 짚고
오가던 나룻배의 정겨운 모습

깔을 베고 오던 길에
허리막하는 소경

석음에
길을 재촉하는 황소
밥 짓는 냇내
모든 것들이 그리움으로 가득한
동복호

적벽 아래 유유히 흐르던 앞내는
흐를 수 없는 물로
수몰민의 애환이 고스란히 녹아
에너른 호수가 되었다

오밤중
외양간에 배부른 소가 울었고
마루 밑

잠들던 개가 짖고
가가호호 기르던 짐승들이
날뛰며 자닝스럽게 울부짖었다고 한다.

영문도 모르고
아부지 손에 이끌려
올라갔던 뒷동산은
낮에 가리나무를 긁어 모아두었던 곳이라 했다.

미명한 물빛에는
소, 돼지가 떠있고
닭들이 허우적대고 있었다고 한다.

그날
이후
집을 잃고 찾아가지 못한 마을 사람들

한마을 두 마을 열다섯 마을
불러 깨워 모태 보았다.

경산, 서리, 장월, 원평. 보암, 난산, 학당, 장학(노루목), 와천, 사
천, 창랑,
물염, 석림, 석복, 전도
(노루목에 살았던 지인들 얘기를 옮겨 씀)

전남 화순군 이서면

옛사랑

검질긴
가죽가방을 메고
매일매일 찾아가는
집배원

오랜 친구

매 순간
곁에 두고자 하다면
사람마음 갖으려
애쓰지 말아야 할 텐데

그저
날 새면 환해지고
해 저물면
어둠 속으로 흔적 없이 스러져가는 일상

따순 차 한잔에
사람 냄새 배여 식을 때까지
골막하게 채운 술 한잔에
속내 우려 비울 때까지

너나
나나
조건 없이 어미 배 속에서 태어나 세상 밖 구경 잘하고 있지 않은가.

사람마음 성급히 얻고자

양심을 팔고 거짓을 얘기한다면
결국 미움이 싹 트여
그리 길게 가지 못하는 인연이기에

잠시잠깐 섧다 하여 괴로워할 필요는 없다.

아주
아주 긴 인연
갖고자 하는 마음이기에
우리 사는 동안
미쁨만은 잃지 않았으면….

욕심

삼시 세끼에
간간이 찾아 먹는 곁두리
배 고르지 않고 살지 않는가.

늘 품고 살았던 계산기
이제는 패대기치듯 버려야 할 듯
찌물쿠는 젊음 지나
나뭇잎 떨어지는 가을이다

더 지녀야
마음밭은
모짝모짝
밭아버린
황폐의 땅

다시 만나
볼 수 없는
푸름이다
이 사람아
욕심덩이

조각조각
비울 나이
아니던가.

이만큼 살고 있으면
좋이 살아왔지 않는가.
좀 모자라면 어떤가
좀 부족하면 어떤가

홍매 꽃은 저물어 가고

홍매는 열매가 없는 줄 알았습니다.
매년 핀 꽃은 해토비에 색을 잃고
지는 줄로만 알았습니다.

나만 모르고 살았을까
여태껏
홍매 열매를 보지 못한 것처럼

나는
어머니의 눈물을 알지 못하고 어른이 되어버렸다.
어머니란 단어 속에
몽똥그려 가리고 살아가야만 했던

한평생 사시면서
짜잔하고 물짠 것들은
옴팍
당신 몫이라 그리 여기셨던
어머니

자식은

아직도 어머니의 삶을
다 익히지 못하여
뒤란에 계신 어머니를 불러본다.

엄마
엄마
나
왔어

돌의자

꼭두새벽에 부모님은 이미 들에 다녀오셨을 텐데 숭늉 그릇을 놓자
마자 다시 들로 나가셨다.
형들도 한바탕 수선을 떨고 집을 나섰다.
담벼락을 따라 저만치 걸으면 모퉁이에
내가 앉아있기 딱 좋은 납작한 돌의자 하나가 있었다.
신작로가 훤히 들여다보이는 돌의자에 앉아 나무깽이로
일, 이, 삼, 사… 여얼 썼다 지웠다 수십 번
누가 가르쳐 주었는지는 모르겠지만 이름 석 자도 써 보았다.
그때쯤이면 학교 가기 싫어하는 동네 형을 볼 수 있었다.
논두렁을 어슬렁어슬렁 거닐고 있는 모습으로

한것이 되면 파란색을 칠한 버스가 읍내 쪽으로 달리고, 때마침 반
대로 가는 빨간색 버스는
자갈길 흙먼지를 일으키며 대도시 광주로 내뺐다.
아직 타 보지 못한 빨간색 버스를 돌의자에 앉아 멀거니 바라볼
뿐이다.
버스는 몇 번이나 지나갔을까?
흙바닥에 숫자를 써 놓았다.
새때가 돼서 3이란 숫자가 쓰이면
어김없이 앞동산 몰랑이 너머 학교에서 종이 울리고, 함성소리가

들렸다.

까까머리 형들은 책보를 메고 줄지어 집으로 오고 있었다.

그쯤이면 나는 자리를 옮겨 대문에 모로 기대어

뒷동산으로 올라가는 속길만 여수고 있었다.

한참을 지켜 서있다 보면

아버지는 긴 지게꼬리를 한 손에 움켜쥐고 바작 가득 깔을 지고 오셨다.

어머니는 커다란 대오리 소쿠리에 한가득 이고 아버지 뒤를 따라 나타나곤 하였다.

나는 물외가 제일 먹고 싶었다.

아슴푸레한 옛 기억

저물녘에 퉁사니를 들고 울면서 담벼락에 들엉겨 걷다보면 어느새 낮에 앉아있었던 돌의자에 앉아있었다.

글썽글썽

닭똥 같은 눈물은 멎었는데도 무엇이 그리 서러울까?

목구멍에선 벽시계 초바늘이 움직인 양 재깍댔었다.

담벼락 아래 나지막이 박혀있던 돌의자는

재사리에 지청구 들고 울며 앉아있던 나를 쓰다듬어 주고 토닥였다.

들에 가신 부모님을 송그리고 앉아 기다릴 때도 내 곁을 떠나지 않았다.

모퉁이에 있었던 딱딱한 돌의자는 온기 있는 어머니의 손이었다는 것을
담벼락에서 풍기는 흙냄새는 아버지의 살내였다는 것을….
이제야 알 것 같았다.
지금은 가뭇없이 사라진 자리에는 콘크리트 담장이 떡하니 자리를 잡고 있다.
긴 담장에는 시대의 흐름을 반영한 듯
21대 국회의원 선거 공약과 인물사진이 무겁게 붙어있는 담장을 만져보았으나
그때처럼 온기를 느낄 수 없었다.

어머니의 유언

허청 골방에 가서
풀종우 몇 개 가지고 와라
칼칼히 씻어 두었으니
아무거나 가지고 와라

니가 좋아하는
담배상추랑 쑥갓 챙겼다.
연하디연하여 맛나더라.
느그 식구들 쌈 잘 묵은 게 가지고 가거라.

너도 나 탁여 잘 묵더라.
니 성은
내가 다 챙겨 주었다

이 애미 없어도
싸우지 말고 우애 있게 지내야 쓴다.
퍼뜩 성질머리 부리지 말고야
니 성 말 잘 듣고
동네 오면
넘들이 보나따나 꼬박꼬박 인사 잘해야 쓴다.

왔-다
갔-다
둘이 농사지어
사이좋게 나누어 묵고
꼭
그래야 쓴다.

듣고만 있던 아들은 마늘종
서너 모숨을 곱다랗게 헤아려
봉지에 담는다.

아이고
내 정신 좀 봐라
니 오면 줄라고
수박 한 쬐각 냉장고에 두었는디
시방 쪼개 줄게 어여 먹고 가거라.

보름 전 모내는 날에 사 온 수박을
어머니는 다 드시지 않고
이리 아껴 두었단 말인가

달다 하셨던 수박은
시큼하였다

엄마
엄마
저 가네
마늘 캐러 곧 올게

담장 위에 두 팔을 포개고
스르륵 빠져나가는 자동차 꽁지만
빤히 바라본다.

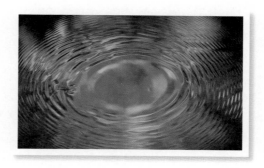

할미꽃

장날이면
송정, 율점, 방죽재
주막을 다 들러야
직성이 풀리셨던 영감님

잣눈 쌓인 엄동설한
그리 눈을 감았다더라.

매년 잊지 않고
영감님
메뚱에 찾아와
수굿이 피어난
할미꽃

허리가 구붓한
할미 등골 따라
오둠지에 잎샘바람
맴돌면

할미꽃은
땅을
두들겨
봄을 일깬다.

봉선화

웬 쟁일 땅을 파봐라
돈 한 닢 나오는지

살아생전 제게 자주 하시던
아버지 말씀이다.

근데
아버지
저 오늘 주차장 쓰레기 줍다
동전 몇 개 주웠습니다.
자동차 바퀴에 짓눌리어
울퉁불퉁 세난 상처자국이 많이 있었습니다.

우그렁쭈그렁한 동전을 보면서
살아 계실 적 아버지의 손을 보는 것 같았습니다.
이십 년이 훌쩍 지난 지금
휴지를 줍고 있는 손이
점점 아버지의 손을 닮아 가는 것 같다 보였습니다.

아버지

이맘때쯤이면
평생 사셨던 고향집 장꽝이며
담우락 아래며
탐스럽게 피어나던 봉선화 생각나시지요.

전 그 봉선화를 보면
살아생전 아버지의 손을 먼저 떠오른답니다.

가지 마디, 마디에
피었던 꽃이 제 갈 길 찾아 떠나고 나면
깨깨 마른 가지에 삶의 노곤함이
곤곤히 차있는 붉은 멍울 가득한 봉선화
지금도 꽃 진 봉선화 가지를 보면
아버지의 열 손가락 마디마디를 더듬어 보는 것만 같습니다.

아버지의 손을 닮아 가렵니다.

환청

아침식사를 하면서 있었던 일이다.
식탁마다 칸막이를 해놓았다 또한 앉더라도 모로 앉아 먹거나 에
너른 홀에
혼밥하는 듯 벽을 바라보면서 밥을 먹어야 했다.
먼저 와 식사를 하고 있는 여직원에게 눈인사를 하고 앉았다.
다른 때 같았으면 마주 보고 앉아 식사를 했을 텐데 6개월 이상
코로나19로 모든 생활습관들이 바뀌고 가까이하던 이들마저 무장
무장 더 멀어지는 것 같고 행여 이런 문화가 자리를 잡는다고 생각
하면
너무나 끔찍하고 무섬만이 있을 것 같다.
잠시 후 식사를 마치고 여직원이 먼저 일어나면서
"맛있게 드세요."라고 인사를 하였다.
당연지사 화답으로 "오늘 날씨가 덥네요. 수고하세요."라고 말했다
몇 초가 흘렀을까

어라
맛있게 드세요.
마스크 쓰세요.
어-라
야가 웃겨

불명 '맛있게 드세요.'라고 했었을 텐데
왜 자꾸 '마스크 쓰세요.'
'마스크 쓰세요.'라고 그리 들렸는지
나 참!
청각기능에 문제가 생길 나이는 아닌데

이른 아침시간에 마을에서 들려오는 안내방송을 귀기울여 듣자면
내용인즉 사회적 거리 두기, 손 씻기, 마스크 착용하기
그리고 각종 모임, 행사 자제하기 등 요란한 스피커 소리에 시골 동
네지만 조용한 날이 없다.
더욱이 얼마 전 바로 옆 군민이 재검에도 불구하고 확진판정을 받
아서 그런지 안내방송은 하루 여러 차례 시행하고 있었다.

인사말에도 시국에 따라 유행하는가 싶기도 하다.

조부모님 세대에서는
'간밤에 별고 없으셨는지요?' 이리 안부를 물었을 것 같고

또한 내 부모님 세대는
'진지는 잡수셨는지요?' 이렇게 인사를 서로 나누셨던 것 같다.

그리고 지금 나는
'안녕하십니까?' 이런 인사말보다

'마스크 잘 쓰고 다니셨습니까?'
'마스크 쓰셨습니까?' 이런 말이 더 어울림이 있는 인사말 같다.

남을 배려하는 마음으로 마스크를 꼭 착용하여 코로나19로부터
내 가정과 내 이웃을 지켜줄 수 있는 사람이 되었으면 한다.

23.5도

욕심이 과하네요.
삶이 그리 인색해서야
고집스럽게 살면 나만 피곤하지

지구도 23.5도 배스듬하다는 것을
한 번쯤 생각했으면

비낀 만큼이라도
베풂과 나눔 그리고 배려하는 마음을
지구의 기울기만큼이라도 가지고 있었으면

여우볕 같은 삶
세상 어디에도 내 것은 없기에
잠시 빌려 쓰고 오손하지 않게 돌려주는 것입니다.

4월 22일 지구의 날

칭이와 얼기미

이른 아침 어머니께 전화를 걸었다.
한 시간 후 도착하니 병원 갈 채비를 하시라고
시골 병원은 예약이 없고 오시는 순서대로 진료를 해 준다.
하루 몇 차례 운행하는 버스를 타고 다들 읍내에 나오셔서 병원마다 문전성시다
특히 장날이면 한사코 기다려야 진료를 받을 수 있어 이른 아침부터 서둘러야 했다.

어머니 연세가 많으시다 보니
시술이나 수술은 할 수 없어 그저 통증만 가시게끔
정기적으로 몇 가지 약과 주사로 하루하루 진통을 견뎌내야 했다.
"여기가 다명여."
"응 엄마, 저기가 차부여 차부는 알제?"
"응. 하도 안 와본 게 여기가 어딘지 모르것다. 오늘이 27일인 게 다명장인디 병원 갔다 장에 좀 가자."
"머 사시게요?"
"내가 꼭 사고 싶은 게 있는디. 죽기 전에 칭이하고 얼기미 사야 쓴디."
병원에 계시면 내가 가서 사 온다고 하여도 기어코 따라간다고 하셨다.
"칭이는 솔뿌리로 엮은 것을 사야 헌 게 어디 있을랑가 모르것다."

병원에서 나와 얼마나 걸었을까.

물외랑, 콩이랑, 옥수수랑 인도 한갓진 곳에 펼쳐놓고 팔고 계시는 할머니께 길을 물었다.

"여짝 질로 쪼까 올라가면 외약쪽에 있지라우."

어머니 대신 많이 파시라고 인사를 드리고 한 걸음 한 걸음 조심조심 발을 내디뎠다.

한 손에 지팡이를 쥐고 다른 한 손은 내 손을 잡았다.

몇 미터를 더 갔을까

"아이구, 숨찬 거"하시며 잠시 머뭇거렸다.

다행히 날은 꾸무럭거려도 비는 아직 내리지 않고 있었다.

어찌어찌하여 당도한 죽세품 가게 어머니는 대나무 평상에 찰파닥 앉았다.

"솔뿌리로 맨든 칭이 하나 줄라요. 얼매요?"

"팔만오천 원입니다."

칭이는 생각보다 비쌌다.

"오천 원만 깎아 줄라요."

"머 그까짓 그러지오. 근디 현금 주셔야 합니다."

어머니와 쥔장은 거간꾼 없이 흥정을 쉽게 끝냈다.

근데 걱정스러운 것은 지갑에 그리 많은 현금이 있을 턱이 없다.

나는 조용히 가게 사장님을 불렀다.

"지금 현금이 없으니 카드로 팔만오천 원 그어 주세요."라고
어머니께는 오천 원 깎았다고 거짓말을 했다.

병원 주차장에서 너무 멀리 걸어와
어머니를 가게에 두고 차를 가지러 갔다 왔다
근데 어머니 손에는 또 다른 물건 하나가 더 있었다.
조금 전 내가 산 칭이와 어머니가 골라 산 얼기미가 있었다.
그리 사고 싶어 하는 물건을 사셨는지 흡족해하시는 어머니의 낯빛
은 어린아이였다.
빙그레 웃으시며 "얼기미 만 원 주라고 헌게 사탕 사 먹게 천 원만
빼주라 했더만 아자씨가 내 입에 사탕을 까 물려주고 천 원도 깎아
주더라."이리 말씀하시면서 좋아하셨다.
죽기 전 칭이하고 얼기미 꼭 사고 싶었는디 속이 다 개안하고 시원
허다 하신다.
나는 룸 밀러로 뒷좌석에 앉아 계시는 어머니와 메타세콰이어 길을
번갈아 보았다.
아주 오래전 어머니 따라 담양시장에 왔을 때 나무를 심고 있었던
모습들이 빠르게 스쳤다.

창고에 가면 칭이와 얼기미가 있는데

왜 굳이 사고 싶어 하실까?

아직도 이해할 수 없으나 한편으론 쉬이 놓지 못하는 삶의 끈이라

여겨진다.

아흔하나 연세에 사고 싶어 하는 칭이와 얼기미

몇 해 더 나비질 하실 수 있을지….

아침에 도착했을 때에도 뜰방에 앉아 팟씨를 곱다랗게 다듬고 계

셨다.

"응~ 왔냐."

집을 나설 땐 성글게 내리던 비가 콩 볶듯 요란하게 내렸다.

올 장마는 유독 길게 느껴진다.

슬로우 쿠커

소금 두어 자밤
고춧가루 두어 숟가락
입맛에 따라
설탕도 찔끔 넣어보고
때론 참기름 한 방울 톰방

밤새껏
낮새껏
슬로우 쿠커 속에서
먹음직스럽게 만들어지는
음식처럼

시리지
아프지
외롭지
그리고…
참 잘 참았어.
인생은 슬로우 쿡

간이 배어
푸으윽 익어가는
음식

별거 아닌 음식일지라도
내가 만든 음식
그 맛은 어떠할까

한 수저
떠 보고 싶은 마음

서리

시골이 본곳이면 누구나 다 한 번쯤 해 보았을 거라 생각이 든다.
진한 추억거리 중 가장 으뜸이라 할 수 있는 서리
서리에 관한 기억들을 새록새록 담아 보았습니다.
어젯밤 한차례 홍역을 치른 과수원 주인은 한 손에 나무깽이를 윽죄고
동네에서 일낼 성싶은 아이들이 사는 집마다 찾아다니고 있었다.
묵직하고 나지막한 목소리가 새벽을 깨웠었다.
"○○ 양반 계시오?"
땅콩서리, 수박서리, 포도서리, 단감서리
참 많은 서리를 해 보았던 유년시절
그때를 떠올리자면 지금도 저절로 입꼬리가 살그미 올라간다.
초저녁에 빠져나가면 그리 큰 서리는 아니었으며 반대로 자정어름에
쥐죽은 듯 동네를 빠져나간다면
서리의 위험성이 그만큼 크다는 증거였다.

🌿 첫째 땅콩서리

서리 중 가장 쉬운 것이라 석음에 자주 했었다.
삶은 땅콩 보늬를 한돌림, 한돌림 벗겨 먹는 맛이 기똥찼었다.
아니면 낱알을 살짝 누르면 살굿빛 속살의 담백함과 고소함이 재

재거리는 소스와 함께
시간 가는 줄 몰랐던 시절
너무 많이 먹었던 아이는 그다음 날 속이 불편한 기색이 얼굴에 나
타나기도 했었다.
심심풀이 땅콩이란 말이 이래서 유래하였을까 그리 유추해 본다.
이제부턴 수준 높은 서리 몇 가지를 슬슬 나열하고자 한다.

🌿 둘째 수박서리

넝쿨식물이라 다른 서리와 달리 자유로운 자세로 서리를 할 수 없
기에
홀라당 벌거벗고 고랑을 뾱뾱 기어 불편한 몸을 조금씩 움직여야
했었다.
잘 익었다 싶은 수박을 골라 고랑에 두면 뒤따라 온 친구들이 수
박을 같은 자세로 조심조심 운반해야 했었다.
물론 별도 감시자를 두었고
생각보다 무거운 수박을 운반하기에 여간 힘든 게 아니었다.
수박밭을 무사히 빠져나와도 마땅한 곳을 찾아 숨겨야 했고
되돌아가는 길에 행여 품에 안고 가다 떨어뜨리면 흔적과 행적을

남길 수밖에 없기에

긴장의 연속이었다.

수박을 숨기는 장소는 주로 여러 동네로 빠져나가는 다리 밑이나

덤불을 택했다.

그리고 또한 하굣길에 서로 쉽게 만날 수 있는 장소 그늘지고 남의

눈에 띄지 않아야 했다. 우린 그렇게 몇 날 며칠 수박 맛을 볼 수

있었다.

먹고 남은 수박껍질은 냇가에 버리거나 자벼리 속에 묻었다.

그리고 입과 손은 냇물에 씻을 수 있어 안성맞춤 최상의 장소였다.

또한 여러 동네로 통하는 곳이라

주인은 어느 동네 아이들 소행인지조차도 전혀 추측할 수 없게 계

획성 있는 행동에 뒤탈 없게 했다.

🍃 셋째 포도서리

그 당시 수박밭은 여러 곳 있었으나 포도밭은 한두 군데뿐이었다.

또한 서리 중 가장 인기 있는 서리였다.

포도밭 주인은 원두막에 모기장까지 치고 전짓불로 고랑고랑 비추

며 때 아닌 순찰을 돌기도 했었다.

잦은 서리로 포도밭 주인은 잔뜩 독이 올라있었을 것이니 더 조심

해야만 했다.

만약 들키면 다음 날 교무실에서 호출과 동시에 이름 석 자가 게시

판에 떡하니….

지금 생각해도 끔찍한 일이다.

근방에 포도밭이 많이 있는 지역도 아니었고 자주 발생하는 서리피해 때문에 아예 원두막에서 주무시는 경우가 허다했다.

탐스러운 포도 숭어리가 잘 익었는지 알 수 있는 방법은

숭어리 끝 낱알을 따 엄지와 검지로 눌러보면 쉽게 알 수 있었다.

잘 익은 포도는 알이 쑥 빠져나왔다. 흐벅진 포도알은 어디론가 튀고 손에 흐르는 과즙을 혀끝으로 핥았다.

포도서리 하는 날에는 밤새 오줌소태로 노루잠을 자야 했다.

🍃 넷째 단감서리

단감밭은 수박밭이나 포도밭처럼 주인이 밤새워 지키는 곳이 아니었기에

땅콩서리처럼 석음에 아이들은 동네를 빠져나갔었다.

땅 짚고 헤엄치기라 말할 수 있는 단감서리에는 아주 특별한 준비물이 필요했었다.

작두 샘에 항상 놓여있을 물바가지를 각자 준비하여 약속장소에 모여야 했다.

회관 뒤뜰에 모여 불을 지피고 집에서 훔쳐 온 젓가락을 불에 달궈 바가지 가두리에 구멍을 내 턱 끈을 만들었다.

무성한 감잎에 가려진 단감을 쉽게 찾아 딸 수 있는 방법이었다.

머리에 쓴 바가지가 감에 부딪쳐 둔탁하고 무딘 소리가 나면 손은 절로 머리에 가닿았다.

짧은 시간에 손으로 더듬어 감을 딴다는 것은 그리 쉬운 일은 아니
었다.

뜬금없는 전화 한 통에 깨복쟁이들과 함께한 자리 금세 우리는 중
년의 나이를 잊었다.
걸쭉한 막걸리 한잔에
각자 바가지를 머리에 쓰고
칠흑같이 어두운 밤 풀덤불을 헤집고 저 건너 단감밭을 휘지르고
있었다.
땅콩서리부터 단감서리까지 밤이 이슥해서야 다 마칠 수 있었다.

흥

입이
즐거우면
배가
사달 나고

몸 또한
밤늦도록
즐거우면
오장육부
가슴팍이
아파온다

아…
그리
누누이
일렀건만
아프고 나서
몸소 깨닫는다

기도문

주님!
입때껏 살면서 교회를 다녀 본 적이 없습니다.
단 한 번이라도 하느님을 생각해 본 적이 없습니다.
오늘만큼은 살려달라고 외치고 싶습니다.
난생처음 주님 앞에 기도드립니다.
수개월째 멎어버린 일상
그리고 나약하고 병들고 고통 받고 있는 이들을 위해
기도드리고 싶습니다.
편편이 깨어진 일상 한시라도 빨리 되찾고자 기도드립니다.
어느 누구 한 사람
마음 편히 오갈 수 없는 세상입니다.
원수 아닌 원수처럼 살아가는 나날들
이게 사람 사는 세상은 아니지요.
진정 주님께서 바라고 있는 세상 또한 아니지요.
지옥이 따로 없습니다.

주님!
품어주소서
바들바들 떨고 있는 우리 모두 안아 주소서
코로나19에 짓눌려 지질컹이가 되어버린 일상

시난고난 신음하고 있는 우리를 안아 주소서
기적을 축복으로 내려 주소서
절실한 심정으로 당신께 구원받고자 합니다.
주님의 말씀은 언제나 미쁨이 있어 기꺼이 따르렵니다.
감염병과 싸우고 있는 지구촌 모든 분들 편견과 차별
그리고 이념의 벽을 깨고 온새미로 받아 품어주소서

오늘도 가족과 떨어져 감염병과 사투를 벌이고 계시는 의료진 그리
고 환자분 모두에게
축복이 있기를 기원합니다. - 아멘- 2020. 성탄절 아침

쑥떡

정월 대보름에 쑥떡 먹으면
들에 가도 쐐기벌레가 안 달라든다더라
한 번만 먹어 보거라
배부르다며 싫다던 아들 입에
쏘~옥 넣어주며 기꺼워한다.

아이고메
내 새끼 보고만 있어도 좋다.
어이
어이
쑥떡 많이 먹어라.

열여덟 살에 시집와
호호백발 가는 세월
막지 못하더라.

어찌어찌
올해는 했으나
내년에는
못 해줄 것 같으니

많이, 많이 먹고 가거라.
아프지도 말고
좋이 잘 살아야 쓴다.

목메여
삼키지 못한 정월 대보름날의
쑥떡
조청 대신 눈물을 듬뿍 발랐다.

청산도의 봄

새벽 5시 핸드폰 알람이 나를 깨웠다.

대충 고양이 세수를 하고 부리나케 서둘러 완도 여객터미널로 향했다.

가지고 갈 물건들은 전날 퇴근 후 차 안에 챙겨 두었다.

꼬박 한 시간 반을 달려 겨우겨우 청산도 가는 배에 오를 수 있었다.

뱃길로 어림잡아 한 시간이 채 안 걸리는 것 같았다.

간혹 불어오는 헤풍에 두엄냄새가 콧잔등에 사부랑삽작 걸터앉았다 날아갔었다.

하기야 나도 시골에서 태어나 자랐기에 썩 거북한 냄새는 아니었다.

농부들은 잔갈아 놓은 밭에 돌을 고르고 고추 비닐을 씌우고 있는 모습이 간간이 비쳤다.

밭머리에 차를 세우고 반지랍게 생긴 흙을 만져보았다.

손살으로 빠져나가는 흙 내음은 사뭇 뭍의 흙과는 달랐다.

한참 동안 구들장 논, 밭둑을 걸었다.

그리고 나서 돌담길을 걸어보고자 상서마을로 이동하였다.

곱게 다듬어진 담장 길을 걷다

오래전 사람 손길이 끊어진 어느 돌담 앞에 멎어섰고 무너진 돌담에 초점을 맞췄다.

켜켜로 쌓아 올린 돌담이었을 텐데 사람 발길이 끊어진 자리에 돌옷을 입고 한 옴큼 광대나물이 자라고 있는 생명을 보았다.

돌담길을 얼마나 걸었을까

한때 사진으로 잘 알려진 그 황소가 살았던 외양간이 눈에 들어왔다.
조금 전 참새떼가 지앙 부리고 갔는지 빛먼지만 가득 날리고 있었다.
또 시간이 얼마나 흘렀을까
가뭇없이 사라진 황소는 양짓녘에 편히 쉬고 있으리라 애써 그리
여겨보았다.

새벽부터 서두르다 보니 배가 너무 고파 마을 초입에 있는 식당으
로 발길을 옮겼다.
이른 점심인데 밥은 먹을 수 있을지 의문을 먼저 앞세우고 출입문
을 조심조심 열었다.
테이블이 대여섯 개 놓인 홀에서 주인을 여러 번 불렀다.
배고파 울부짖던 황소처럼 주인을 부르는 소리는 점점 커져만 갔다
메뉴는 다양하나
아직 새때가 아니어서 전복라면밖에 해 줄 수 없다고 하시기에
라면도 감지덕지 흔쾌히 "고맙습니다."라고 인사를 먼저 올렸다.
낙낙한 아주머니께서는 웃음으로 답을 주셨다.
아침에 쑥버무리 만들었다고 하시면서 한 접시 내게 주시면서 우선
허기를 달래라 하셨다.
시골 식당치곤 제법 깨끔하고 여행객이 잠시 허기를 달래기엔 안성
맞춤 편한 장소였다.

청산도 봄은
난질난질한 쑥버무리에서 풍기는 진한 쑥 내음처럼
다사로운 모습으로 내 곁에 와닿았다.

유년시절 내 기억 속 쑥버무리
목단 두 송이가 새겨진 커다란 쟁반에 쑥과 멥쌀가루 그리고 밀가
루를 얼기설기 뒤버무려
가마솥에 쪄주시던 어머니의 손맛 그대로였다.
배는 어느새
우르릉 우르릉
찰싹찰싹
청산도를 떠나고 있었다.

남새

밭머리를 가로지르는 전깃줄에 멧비둘기가 무리 지어 앉아있었다. 전에 어머니가 하셨던 말씀처럼 깨 심을 때가 되면 미리 와서 깨 심는 모습을 지켜본다고 하시던 말씀이 떠올랐다.

밭일을 마치고 가면 밭둑에 내려와 어슬렁어슬렁 걸어온다고 하셨다. 한참을 전깃줄에 앉았다 날아간 멧비둘기들은 언제 다시 날아왔는지 한 무리를 지어 우리를 지켜보고 있었다.

매년 5월 5일 어린이날이면 고추, 가지, 오이모종을 심고 깨 씨를 심는 날로 정했다.

손지들도 쉽게 일손을 도울 수 있어 그리 일정을 잡았으리라 생각한다.

올해도 어김없이 어린이날을 맞아 객지에서 자식들이 모였으나 때 아닌 코로나19로 조카들은 오지 못했다. 여러모로 일손이 많이 필요할 때인데 걱정이다.

가족모임에 있어서는 거리두기가 나슨해졌다지만 농촌마을에 연로하신 어르신들뿐이라 더욱 조심스러웠다.

봄, 여름, 가을 계절에 따라 하는 일은 다르나 올 때마다 느끼는 것은 어머니 고집이 전과 다르다는 것을 알 수 있었다.

아버지 돌아가신 후 새새틈틈 찾아와 농사일을 하다 보니 이젠 반 농부가 되었는데 아직도 어머니 눈엔 양도 안 차고 션찮아 보인가 싶다.

"이렇게 심어야 쓴다.

서너 개씩 넣어야 쓴다. 너무 많이 넣으면 아까운 깨 부족허다.

손구락 한마디 깊이로 심어야 헌다."

"아따!

올 엄마 또 시작이다. 좀 더하면 나 일 않고 가면 엄마가 다 심을 껴?"

"삐둘키는 날아갔다냐?"

이리 말씀하시던 어머니는 멋쩍은 웃음을 지었다.

그때마다 그런가 보다 하면서도 한 귀퉁이에 조금 섭섭한 마음은 떨칠 수 없었다.

한나절 이상 앙가조촘한 자세로 동전 크기만큼 뚫린 구멍에 엄지와 검지로 깨를 집어 심어야 했었다.

어느 정도 자란 순을 일쩝게 솎아내야 하니 한두 개씩만 심자고 하였다.

참고로 참깨는 옮겨 심으면 깨어나지 못하고 다 오가리 들어 시들 말라 죽는다.

"개미도 물어가야 하니 꼭 서너 개씩 심어야 쓴다. 삐둘키는 갔는지 모르겠다."

혼잣말을 하시면서 대나무 지팡이를 옥쥐고 일어나셨다.

"아야 막둥아, 저기 지금도 삐둘키 있냐?"

"응, 있어."

"고 자껏은 아적까정 있어. 물어갈 놈들."

어머니는 일평생 이 밭에서 농사를 지으셨고
멧비둘기는 이곳에 날아와 낟알을 쪼아 먹고 오동보동 살찌워
알을 낳았을 것이다.
깨밭에 날아온 멧비둘기와 어머니의 기 싸움은 아직 진행형이다.
그러면서도 썩 밉지 않으신지
멧비둘기 먹을 것을 조금 보태 흙에 씨를 심었다.
당신이 심고자 하는 위치에 남새를 심고 밭을 나오는데
"저 놈 삐둘키들이 아적까정 있다냐?
우리 간가 안 간가 고개를 돌려 여수고 있는가 봐봐라."
"하이고 엄마,
그럼 엄마가 밤새 보초 서. 난 여기저기 안 아픈 곳 없이 다 아픈
게 그리고 내일 출근이라 갈 참여 엄마는 여기 계셔 이잉."
살포시 웃음을 보이시며 두 자식 얼굴을 번갈아 보셨다.

청개구리의 여름휴가

요즘 매스컴에서 자주 들려주는 말이 이상기온 그리고 폭염, 국지성 폭우가 아닐까 여겨진다.

얼마 전 우리 군에도 국지성 폭우가 쏟아졌다.

단 하루 밤사이 270밀리미터가 내려 주변 농경지가 침수되고 지대가 낮은 우사에서는 소들이 자닝스러운 모습으로 울고 있었다.

여기저기 논, 밭둑은 불어난 빗물을 견지지 못하고 쓸리고 무너져 멀리서도 붉은 황토색을 띠고 있었다.

주변에서 부산스레 걸려오는 전화는 한결같은 내용 폭우로 인한 피해였다.

산더미 같던 민원들은 조금씩, 조금씩 더디지만 입추가 지나서야 끝이 보였다.

한동안 출, 퇴근은 뒤죽박죽이었고

퇴근 후 늦은 시각 그리고 닭이 첫 홰를 치지 않은 시각에도 휴대폰 벨소리에 잠을 설치는 경우가 많았으나 모든 게 순조롭게 해결이 잘 되어가고 있었다.

현관 비밀번호를 누르자 "띠르륵" 숙소 출입구가 열렸다.

거실에 놓인 스탠드 전신거울에 내 모습이 비쳤다.

고동빛 얼굴에 지쳐있는 모습이 왜 이리 초라해 보였는지

오늘 내가 간절히 바라는 것은 온전한 하룻밤이다.

모든 잡일을 접고 무조건 통잠을 자고 싶었다.
내게 주어진 나머지 시간은 훼방꾼 없이 애오라지 갖고 싶은 마음뿐이다.

언제부터일까?
폭염을 피해 내 방으로 들어온 청개구리 한 마리
영특한 놈이었을까?
현관 비밀번호를 어떻게 외웠을까?
혹 다른 직원들이 올 수도 있어서 외우기 쉽게 공일공일로 해 두었다.
며칠 밤을 작은 눈으로 나를 지켜보았으리라.
늦은 밤 걸려온 전화기에 짜증 내는 모습도 보았으리라.
벽에 찰싹 들러붙어 꼼짝하지 않고 있던 청개구리가 차츰 자리를 옮겨 다녔다.
퇴근하여 숙소에 들어오면 벽걸이 에어컨 커버에서 끔벅끔벅 졸고 있거나 에어컨 그릴에 걸어놓은 옷걸이에 앉아서 단추 구멍만큼이나 작은 눈으로 나를 빤히 쳐다보고 있는 날도 있었다.
"그래 올여름은 여기서 보내거라. 앉아있는 모습이 꼭 새침떼기 이쁜둥이 같구나."
혼잣말을 하면서 정수기 물을 한 스푼 조심스럽게 받아 청개구리 몸통을 적셔주었다.

이리저리 뒤척대면서

칼잠 자는 습관이 있는데 지금껏 다 지켜보고 있었으리라 여기니

한편으로는 괘씸하다는 생각이 들 때도 있었다.

어느 아침에는

일어나 보니 내 홑이불 위에서 빤히 쳐다보고 있는 모습을 보았을 때

절로 헛웃음이 나오는데 그리 밉지만 않았다.

입추가 지났으니 곧 말복이고 이젠 큰 더위도 없으리라.

올 여름 내방에서 잘 지냈으니

네 갈 길 가거라.

살포시 쥔 주먹을 이슬 젖은 풀숲에 조심히 펼쳤다.

내년 여름에도 더위 피해 서늘맞이 하러 오거라.

잘 가거라.

청개구리야!

네 덕분에 짧게나마 웃어보는 날들이었다.

그해 오월

1980년 5월 21일 아마 이날은 석가탄신일로 기억된다.

어느 해부터인가 달력에는 부처님 오신 날로 쓰여 있다.

내겐 41년이란 세월이 흘렀지만 누군가에겐 멈춰버린 시간이었을 것이다.

그 당시에는 토요일도 등교하여 오전수업을 받을 때였다

그래서 토요일을 또 다른 말로 반공일이라 했었다.

일요일 오후였을까 또래들과 놀다 돌아오는 길에

"야! 우리 한번 담양댐에 놀러 가보자."

"그래, 가보자."

그날 다시 모이자고 약속을 하고 계획을 세웠다.

계획을 세워봤자 자전거를 누가 가지고 오는가가 가장 큰 문제였다.

담양댐을 가자고 했던 이유는 형들이 자전거를 타고 낚시하러 가는 곳이라 한 번쯤 나도 가보고 싶은 심정이었다.

우리는 약속대로 자전거 한 대에 두 명씩 짝을 지어 두 대로 출발했었다.

비포장 길을 2킬로미터 정도 달려 나오면 광주와 읍내 가는 편도 1차선 아스팔트가 나왔다.

아스팔트길은 운전도 수월하고 특히 엉덩이가 아프지 않아 좋았다.

또한 여느 때와 달리 다니는 차들이 별로 없다는 생각이 들었다.

우리는 之를 그리며 떠들썩하게 페달을 밟았으나 얼마 가지 못했다.

조금 더 가다 보면 검문소가 있다는 것을 알기에 도로 갓길에 끝없이 그어진 흰 실선을 따라 조심히 검문소 앞까지 갔었다.

평상시에는 짙은 쑥색 정복을 입고 서있는 경찰들이 있었으나 그날은 도로에 내 키보다 큰 바리게이트까지 설치하고 차량을 통제하는 군인들이 어깨에 총을 메고 굳은 자세로 서있었다.

자전거를 타고 오는 우리를 군인 둘이서 번갈아 쳐다보는 느낌이 들었었다.

차도 뜸하고 경찰이 있어야 할 자리에는 총을 든 군인 그리고 검문소 옆 모퉁이에 생전 처음 본 장갑차 같은 것이 눈에 띄었다.

다른 때와 전혀 다르다는 것을 금세 알 수 있었다.

총 들고 있던 군인 한 명이 우리에게 말을 걸었다.

"너희들 지금 어디 가?" 무게 섞인 어조였다.

"예, 지금 친구들이랑 담양댐에 놀러 가는 길인데요."

"지—금?"

군인이 놀랜 눈빛을 하고 조금 높은 톤으로 말했었다.

계급이 높아 보이는 또 다른 군인 한 명이 손에 담배를 들고 검문소 출입구에 서서 우리를 내려다보고 있었다.

우리를 막아선 군인과 출입구 곁에 서있는 군인

서로 알 수 없는 눈빛을 주고받는 느낌이었다.

우린 무서워 미동도 할 수 없었고 자전거 핸들만 움켜쥐고 있었다.

그때 총을 메고 서 있던 군인이 말했다.

"빨리 집으로 돌아가라. 여기 나오지 말고. 근데 너희들 학교 안 가?"

우린 주눅 든 목소리로 누가 먼저랄 것도 없이 오늘 석가탄신일이라 학교 안 간다고 말했었다.

말이 끝나기 무섭게

"아! 참."

아마 군인이 잠깐 잊은듯하였다.

오늘은 위험하다고 집으로 돌아가라는 말에 투덜거리면서 뒤돌아섰다.

누가 그랬을까?

차도 안 다닌 게 우리 자전거나 타다 가자고 했었다

집에 오는 내내 아스팔트 도로에서 지나가는 차 대수를 손에 꼽을 정도였다.

그날 밤 늦은 시각

동네 개들이 일제히 짖기 시작하였고 조금 있다 시끄러운 소리가 들렸다.

광주에서 학교에 다니는 위뜸 형 그리고 몇몇 학생들이 걸어서 왔다고 했다.

광주에 큰일이 일어났고 시외로 빠져나가는 모든 길목을 군인들이 차단하였다고 했었다.

"웅성웅성"

모두에게 밀려드는 불안감 그리고 두려움, 컴컴한 밤인데도 느낄 수 있었다.

다급히 동네 형과 학생들은 어둠 속으로 사라지고 얼마 지나지 않아 경찰인지 군인인지 모르겠으나 요란한 발자국 소리와 함께 동네에 들이닥쳤다.

나중에 알았으나 학생들은 그 오밤중에 다들 산으로 숨었다고 하였다.

그리고 죄인처럼 왜 쫓기고 있었는지도 알 수 있었다.

군인들이 검문소에 있었던 이유

우리를 막았던 사실

그리고 차가 다니지 않는 아스팔트도로

그 당시 내가 갖던 의문들이 하나둘 풀이기까지 그리 긴 시간이 걸리지 않았다.

깊이 잠들어 있는 진실들 하루빨리 밝혀졌으면 하는 마음이다

죽어서도
용서받을 수 없는
미운 사람

들국화

봄꽃은 남쪽에서부터 시작하고
가을꽃은 북쪽에서 먼저 소식을 전한다.
우리는 흔히들 들이나 야산에 핀 가을꽃을 두루뭉술하게 들국화라
얘기했었다.
한여름 무더운 밤을 환히 밝힌 달맞이꽃이 지고 나면 그늘지거나
음산한 곳부터 하나둘 피기 시작하는 들국화

어릴 적 들국화라 했었던 가을꽃들
구절초, 쑥부쟁이, 개미취, 산국, 감국 등등 생김새는 좀 다르나 얼
핏 보면 어슷비슷하게 보여 구별하기가 여간 쉬운 일은 아니다.
잠시 눈을 돌리면 쉽게 찾아볼 수 있는 우리 들꽃이다.
그중에 가을꽃하면 나름 으뜸이라 할 수 있는 구절초에 관한 이야
기를 몇 자 적어보았다.
어렴풋이 떠오르는 내 기억 속에는 잔다듬어진 구절초를 새끼로 엮
어 헛간 처마 밑에 걸고 계시던 아버지의 모습부터 그려졌다.
아마 음달에서 잘 말린 구절초를 약재로 사용하였으리라.
매년 겨울이면 가마솥에 달인 약물에 어머니는 식혜를 만들었다.
할머니와 아버지께서는 아침, 저녁으로 드시는 모습을 자주 봤었다.
장독대에 보관한다는 것을 알고 몰래 먹어보았으나 단맛은 고사하
고 입이 쓰고 독해 다신 눈길도 주지 안 했다.
이름의 유래를 보면
숫자 9가 두 번 겹치는 음력 9월 9일에 채취하여야 약효가 좋다 하
여 구절초라 하였다고 한다.

또한 전해지는 전설에

구절초가 많이 핀 사찰을 찾아가서 약수로 밥을 지어 먹고 구절초
를 달인 차를 마시면 아이를 낳지 못한 여인은 아이를 가질 수 있
다는 전설부터 꽃을 너무나 좋아해 소임을 소홀히 하여 옥황상제에
게 쫓겨난 선녀 이야기까지.

불명 구절초는 가을 여인이 맞을 성싶다.

우리 꽃

들국화

구절초(선모초)

솔솔 불어주는 금풍을 쐬며 한적한 들길을 따라
걸어보자.

들국화 앞에 잠시 발길을 멈추고

한 번쯤 톺아볼 수 있는 마실길이 되었으면 한다.

꽃말 가을 여인, 순수

설거지

올 추석도 단출하게 장만하여 차례상을 차렸다.
다들 모이지 말자고 미리 약속을 했던 것이다.
오는 사람도 없으니 차례에 꼭 필요한 음식만 조금 만들었다.
차례를 지내고 늦은 시각 음복례를 마치고
부엌방을 보니 개수대에는 빈 그릇들로 수북하게 쌓여있었다.
장만도 아내 몫
치우는 일도 아내 몫
부엌방에 널브러진 과일상자며 음식을 조리할 때 쓰던 도구와 각기
다른 소쿠리에는 빈 그릇들이 가득했다.
아내는 개수대에서부터 모짝모짝 쌓인 그릇을 묵묵히 치우고 있었다.
장모님은 몸이 불편하여 이미 의료용 침대에 누워계셨다.
아들 없이 딸만 넷
다들 시댁 가야 하니 차라리 명절 하루 전에 차례를 지내잔 의견들
이 있어 그리하자 하여
처가댁은 지금껏 명절 전날 밤에 차례를 지냈다.
코로나19가 없었을 땐 처제들과 동서들이 있어 장만하고 치우는
일을 그리 대수롭지 않게 여겼다.
말없이 정리하는 아내를 보면서 애잔한 생각이 들었을까

"설거지는 내가 해줄게."

"그럼 고맙지. 말은 못하고 힘들었는데 그럼 당신이 설거지해 내가
헹굴게."
음복에 기운이 생겼을까 갑자기 힘이 솟구치는 느낌이었다.
달그락 달그락거리는 소리에 사랑이 또록또록
서로가 애썼다 다독여주는 추석명절
개수통에 켜켜로 쌓인 빈 그릇만큼이나 행복을 쌓았다.

여의도를 바라보는 눈

명자와 목련이 만나는… 봄

노란 산수유 꽃과 어치가 어우러지는… 날

현호색과 청노루귀
서로 바라보고 있는… 봄날

개울물 식수삼아
옹기종기 살아가는
민초들의 소박한
삶이 시작한다.

그 옛적 두리상에 둘러앉아
골막하게 담긴
냉이된장국 한 그릇에…
그 따순
봄날은 어디로

봄은
용서와 화합이

피어나는 계절인데

오는 계절에는
나팔꽃과 해바라기 꽃을
나란히 볼 수 있는 그 날을 꿈꾼다.

우리가 바라던
내일이기에

봄이 왔다 싶으면

양짓녘에 일찌감치 자리 잡은 풀떨기
밥테기만 한 꽃이 피고
어느 개천 낭떠러지에
개나리꽃 드리우면
봄이 온가 싶고
벚꽃 잎이 홀홀 날리고
목련 꽃이 피었다 지면
봄은 가버리고 없더라.

왔다 싶으면
홀쩍 떠나버리는 게 봄이고
계절인 것을

전에는
봄이 오는지
여름이 가는지 모르고 살았었는데
삶이 짙어지니
이제야 철을 이해하더라.

복내 요양원에서 오시는
요양보호사께서는
벚꽃길이 좋아서
한 달쯤 더 일을 하신다고 말씀하신다.

봄은
불같은 아저씨 성정마저
꺾어버리는 계절이었다.

제비꽃

당신은
봄을
무척이나
부끄러워하는
꽃이었지

제비꽃
당신은
내게
늘
봄을 안겨주었지

제비꽃
당신 마음을
다 읽지 못하고
그저 피었다 지는 꽃으로만 여겼지

한데바람에
짐짓
태연한 모습으로

피어나는 제비꽃

나는
당신을 만나야
봄이 오는 것을 알았고

제비꽃
당신을 만나야
그해 봄을 떠나보낼 수 있었어

체중감량

체중을 줄여 보겠다는 생각 그 자체를 해 본 적이 없었다.

30대 중반 칠십 킬로그램 후반이던 몸무게는 나이가 들어갈수록 더금더금 늘어만 갔다.

50대 중반 지금에 와서 체중을 킬로그램으로 표현하기에는 숫자가 좀 길어 부끄러울 정도다

이젠 톤급이다.

이런 나에게 다이어트를 결심하게끔 한 계기가 있었다.

오미크론의 대유행이 끝나고 두어 달 후쯤 처조카 결혼식이 있었다. 처가 집안엔 딸만 내리 넷인데 아내는 그중 맏이이기에 혼주 못지않게 신경 쓸 일이 많았다.

내가 결혼하기 전부터 처제는 언니와 동생 그렇게 셋이서 살고 있었고 언니 결혼 후에도 2년 정도 같이 살다가 처제도 짝을 찾아 출가했었다.

그렇게 오랜 시간을 지내다 보니 지금도 처제는 심적으로 언니를 무척이나 의지하면서 살고 있다.

정부 방역수칙에 의해 각종 모임, 행사 하물면 가족 간 만남마저도 마음대로 갈 수도, 올 수도 없었다.

또한 회사 출장마저 무기한 연기상태였다.

스포츠 관련 업종이라 편한 옷을 입고 출퇴근하다가도 출장이 잡히면 반드시 정장 차림이었다. 허나 모든 왕래가 끊겨 이마저도 갈 수 없어 정장 입을 일이 오랫동안 없었다.

얼마 후에 결혼식장도 가야 하고 해서 옷장에 넣어 둔 정장을 꺼내
걸쳐보았다

전신거울 앞에 서 있는 내 모습에서 너무나 실망스러웠다.

나온 배가 유독 크게 거울에 비쳤고 거슬리다 못해 볼썽사납게 보였다.

"미영 씨 정장 한 벌 사주소."

"배나 빼고 옷 사주라고 해."

"아니, 배하고 옷하고 무슨 상관이람 유행 지나 사달라고 하는데 사
주기 싫으면 말소.

예복 빌리는 데 가서 빌리면 되는데 나 참."

그 일이 있고 난 며칠 후

아내와 같이 백화점을 찾아갔었다.

남성 의류코너 이곳저곳을 둘러보았으나 별 소득이 없었다.

맞는 옷을 찾는다는 것이 그리 만만한 일은 아니었다.

전부터 그랬듯 스타일이나 색상 그 어떤 것도 중요하지 않고 내가
입어서 불편하지 않으면 그뿐이었다.

어쩌다 몸에 맞는 것 같아 입어보면 아랫도리는 쫄바지 수준이며 윗
도리는 주로 팔이 짧아 보였고 대체 맞는 옷을 찾는다는 게 너무 힘
들었다.

또한 내 속을 모르는 매니저는 요즘 젊은 층은 다 짧게 입는다고
말하면서 과거처럼 품이 낙낙한 옷은 찾기가 힘들다고 하였다.

아마 매니저님은 나에게 '살 좀 빼.' 이리 말하고 싶었을 것이다.

한참을 돌아다녀서 그런지 몸은 지치고 다리가 아파 아내에게 투덜이처럼 말했다.

"우리 그만 포기하고 예복집 전화 한번 하세."

말이 떨어지기 무섭게 아내는 전화를 했었다.

"내 남편은 하체가 길고 체중은…."

내 신체조건을 설명하고 있었다.

잠시 후 아내 목소리 너머로 들여오는 예복집 여사장님

굳이 얘기 안 해줘도 쉽게 가름할 수 있었다.

"에그, 살 빼!"

아내는 퉁명스러운 목소리로 쏘아 붙었다.

흐트러진 옷을 갈무리하던 매니저 또한 곁눈질에 웃고 있다는 생각이 들었다.

하기야 할 말은 없지 머.

아내도 아쉬운 듯 그럼 아까 입어 본 옷 중 좀 낫다 싶은 것으로 사자고 하여 미련이 남아있었던 매장으로 발길을 옮겼었다.

흡족하지는 않으나 다른 뾰족한 대한이 없기에 그중 좀 편한 옷을 골랐다.

덩저리가 불량하니 어쩔 수 없는 일.

정장 한 벌에 핀잔만 잔뜩 들고 온 쇼핑 길이었다.

2주 후 예식이 있던 날

숨 쉬는 것

먹는 것

행동 하나하나가 신경 쓰이는 하루였는데

결혼식을 무사히 마치고 허리띠를 푸는 순간 앙가슴에 돌덩이처럼 몽쳐있던 체기가 기똥차게 내려가는 기분 그 해방감 말로 다 표현할 수 없었다.

오늘 하루 내가 고생한 것 생각하면 한 번 정도는 체중감량을 시도해 보는 것도 좋을 성싶어 가족들 앞에서 선포식을 하고 말았다.

생전 다이어트는 생각해 본 적 없는 내가 오늘 고생했던 일을 생각하면 다신 그렇고 싶지 안했다.

그래 한번 해 보는 거야.

당장 먹는 것 줄이고

하루 딱 한 시간 이상 걷자

가족 앞에서 자신 있게 호언장담을 하고 실천에 옮긴 지 12주째.

몸은 조금 가벼운 느낌이었으나 배는 그대로였다. 나름 성실히 잘 버텨왔다는 생각에

한 번쯤 체중계 앞에서 확인하고 싶었다.

한쪽 발을 체중계에 올렸을 때 눈금은 정신없이 요동쳤고

다른 한쪽을 마저 올렸더니 좌우로 달막이던 눈금은 조금씩 안정을 찾다가 한 숫자를 가리키고 멎었다.

그 순간 나는 눈을 의심하고 또 의심했었다.

생각보다 체중이 많이 줄었다. 무려 6킬로그램이나. 조금만 더 노력

하면 나도 두 자릿수 체중으로 돌아갈 수 있다는 자신감
작심삼일이 아닌 작심백일이다.
생각보다 큰 성과에 다시 한 번 놀랬다.
백일작전이 성공하면 천일작전으로 목표를 수정해야겠다고 다짐을
했었다.
지멸 있게 하루하루 적은 양이라도 꾸준한 노력이 있어야 했다.
처음 마음먹고 시작한 다이어트
신발 끈 매는 게 수월해졌고
오만 몸살을 하면서 발톱을 깎았었는데
사소한 행동들이 조금이나마 변화하는 모습을 볼 수 있었다.
되찾아가는 나를 보고 싶었다.
나름 성공하고 있다는 것을 나름 자랑하고 싶었다.
발가락에 생긴 물집 하나하나가 터져 아려 와도
뛰고 걷는 보람
내겐 크나큰 기쁨이었고 대만족이었다.

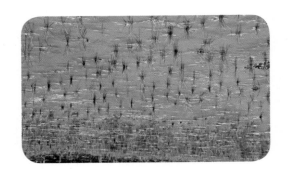

엄마의 외출

엄마
싯누렇게 영글어가는 벼 좀 봐봐
자식들이 농사를 얼마나 잘 지었는지 논에도 가보게
그리 보고 싶다던 동네 친구분도 만나고
빈집에도 가보자
엄마

시방 여기가 어디여?
엄마는 참 웃겨
엄마가 살던 밭매우여
시방 우리 동네라고
차 타고 온 게 아무것도 모르것다.
하이고
나 봐봐라
니들이 준 돈으로 병원에서 신간 편하니 주는 밥만 먹었더니
농판인가 벼
농판이 다 되었어.

엄마
다 왔어

업어봐
건너 고추밭에 영암댁하고 요양보호사 두 분이
끝물 고추가 아깝다고 일일이 따고 있다네.

나 업은 게 개뿟하지
아니
삭신이 좋아서 무거워 힘들어
석 달 만의 외출
두 노인의 시울에는 가을 햇살을 힘껏 머금고
반짝반짝
유독 빛나고 있다는 것을 알 수 있었다.

그려 강가
어여 가
죽지 말고 또 와야 혀
보고 잡은 게
또 금시 와 잉-
본동댁

가을 햇덧만큼이나 짧은 엄마의 외출

차마
마지막 외출이라 얘기할 수 없었다.

엄마, 나 왔어

펴 낸 날 2023년 9월 8일

지 은 이 김상근
펴 낸 이 이기성
편집팀장 이윤숙
기획편집 윤가영, 서해주, 이지희
표지디자인 윤가영
책임마케팅 강보현, 김성욱
펴 낸 곳 도서출판 생각나눔
출판등록 제 2018-000288호
주   소 경기도 고양시 덕양구 청초로 66, 덕은리버워크 B동 1708, 1709호
전   화 02-325-5100
팩   스 02-325-5101
홈페이지 www.생각나눔.kr
이 메 일 bookmain@think-book.com

- 책값은 표지 뒷면에 표기되어 있습니다.
  ISBN 979-11-7048-598-8(03810)